为了不被理想纠缠

张小失 ● 著

山东人民出版社

图书在版编目(CIP)数据

为了不被理想纠缠 / 张小失著. — 济南：山东人民出版社，2012.8（2019.5重印）
（青春悦读·当代精美散文读本）
ISBN 978-7-209-06771-3

Ⅰ.①为… Ⅱ.①张… Ⅲ.①散文集—中国—当代
Ⅳ.①I267

中国版本图书馆 CIP 数据核字(2012)第 203715 号

责任编辑：王海涛 杨云云
封面设计：红十月设计室

为了不被理想纠缠
张小失 著

山东出版集团
山东人民出版社出版发行
社 址：济南市经九路胜利大街 39 号 邮编：250001
网 址：http://www.sd - book.com.cn
市场部：(0531)82098027 82098028
新华书店经销
三河市华东印刷有限公司

规 格 32 开(145mm × 210mm)
印 张 9
字 数 100 千字
版 次 2012 年 9 月第 1 版
印 次 2019 年 5 月第 2 次
ISBN 978-7-209-06771-3
定 价 26.00

目录 Contents

第一辑 面向理想，等待机会 / 001

目录
Contents

第三辑 理想周边，多有暗角 / 087

第五辑 为“摆脱”理想，行动 / 179

目 录
Contents

第一辑 面向理想，等待机会

不是理想需要人，而是人需要理想。怀揣理想，方能看见机会。

为救命，造一个『黑点』

即便绝望，也要在绝望中树立一个小小的理想。理想带来生存机会。

上世纪末，12 月的一天，16 岁的孙路闵与父亲在新疆的雪原上迷路了。

他们是从巴里坤哈萨克自治县出发，步行去伊吾县的。不料途中大雪纷飞，整个世界一片混沌。到了雪停的时候，眼前白茫茫的，走着走着，头脑就开始犯迷糊，不知道哪里是路，哪里不是路。

白色也许象征纯洁，但对于两个在雪原上行走的人来说，却是一种不可名状的危险——因为眼睛长时间面对白色，视觉就会产生异常，让你不能相信眼前的一切，仿佛置身一个庞大的骗局中。更糟糕的是，孙路闵半路上掉进一个陷坑，脚踝碰伤了，疼得要死，一时无法走路。父子俩顿时陷入绝境。离天黑大约还有 5 个小时，他们没有足够的食物，更没有燃料，很难捱过夜晚的严寒。

他们只得坐在一块巨石后等待，眺望茫茫雪原，盼着无论从哪个方向能忽然出现一个蠕动的黑点，那是同类的曙光啊！十分钟过去了，二十分钟过去了……什么都没有盼来。雪原上除了风声，一切都那么冷静——是的，“冷”“静”，一种难以想象的恐惧氛围。孙路闵支撑不住了，问父亲：“我们会不会冻死？”父亲安慰他说：“不要紧，这里总还是人世，我就不相信遇不到一个人，或者马车。”

三十分钟过去了。父子俩按捺不住，决定继续前进，但孙路闵的脚实在不争气，走了一段，“扑通”一声倒下去。没办法，父亲只好背着他。一个小时后，父亲吃了仅有的两个烧饼，再次与孙路闵坐在大石头后休息，一边等待远方能忽然出现一个黑点。看着儿子越来越绝望的脸，父亲狠狠心说：“你在这里等着，我去前面打探一下——我就不信！”说完，飞身跑开。

约二十分钟后，父亲气喘吁吁地回来了，说：“儿子，走吧，我们的方向没错，加把劲，肯定能遇见人。”说完，背起孙路闵就上路了。

走着走着，孙路闵眼前一“亮”，大叫道：“爸！前面有个黑点！”父亲也看见了，很高兴：“我说吧，肯定能遇见人的。”但父亲的脚步却不见加快，孙路闵说：“让我下来走。”父亲放下他，两人互相搀扶着前进。十分钟过去了，黑点还在前面。父亲安慰儿子：“不着急，我估计是辆马车，也在向伊吾县进发。这样，你在这里等着，我去追它回来接你。”

二十分钟后，父亲气喘吁吁地回来了，说：“儿子，马车在前面等着，快走吧。”孙路闵欣喜若狂，趴在父亲背上哼小曲。走着走着，前面的黑点出现了——那是生存的希望啊！就在孙路闵高兴的时候，父亲发出一声更加喜悦的喊叫：“啊！看哪！终于出现一个黑点啦！”孙路闵不解地向前望去，是的，黑点的前面还有一个黑点！

父亲加快脚步，渐渐抵达第一个“黑点”——一件挑在棍子上的黑毛衣。“爸，这不是你的毛衣吗？”父亲一把拽下毛衣，闷声快速前进。二十分钟后，终于追上了一辆两匹驴拉的板车……

孙路闵于那年春天，在我舅舅的厨师班学习，讲了这段经历。当时我也身处绝境——失业了，心情十分灰暗。舅舅瞧不起我整天无精打采、不思进取的神态，说：“你比孙路闵强多了，他是在绝望的时候，等待一个黑点；而你，是在没事的时候，等待天上掉馅饼。”

我很羞愧。的确，孙路闵的父亲不过在绝望的时候，给他“树立”一个黑点——就那么丁点大的一个“理想”，给孙路闵以鼓励和勇气，拯救的不是我们通常所要的“面子”，而是生命。

像一棵树，等待季节

『安危不贰其志，险易不革其心』——树不知道，人知道。怀揣理想，可以等待心花怒放。

楼下拐角有棵树，整个冬天它都显得枯萎萧瑟。为了取近道，我多次从它身边经过，被它低矮的枝桠划了脸皮或头顶，很讨厌，所以后来我就绕着它，不超近道了。

这棵树一直站在那里。通常我不在意它，但是，若哪天我行色匆匆，脑子里又会产生超近道的念头——那时我会本能地瞥一眼它低矮的枝桠，然后打消念头，仍然从它身边绕过去。

再后来，它渐渐又成了我每次经过必瞥一眼的对象，因为每次看见它，脑子里会产生另外一个念头：是不是把它低矮的枝桠折断？然后我就可以超近道了。念头毕竟是念头，一闪而过，我并没真的去折断它。

就这样，我和这棵枯萎萧瑟的树相处了 3 个月。因春节回家，我就忘了它。

半个月后，我回来了，依然每天看见这棵树，不过它没有什么变化。我脑子里的“条件反射”依然存在，每次经过它，我又有超近道的想法，接着，又有一闪而过折枝桠的念头。

这就是我和这棵树最初的“关系”。如今，又是 3 个月过去了。

我电脑里保存着一张照片，此刻，我正用它做屏幕背景。照片上有棵开花的树，繁茂美丽的枝桠下站着我七岁的女儿。聪明的你肯定知道：照片上的树，就是上文中的那棵“枯萎萧瑟”的树。

春天来了，朵朵粉色小花绽放在它全身，映衬着我七岁的女儿，是那么安详、和谐、生机勃勃。可是，拍照片的时候，我并没意识到它就是我一直想“折断”其枝桠的树。它在楼下的拐角不知站了多少年，可惜我最初对它的认识是在冬天，在它生命中最肃杀的季节。

如果当初真的折断它的枝桠，我的照片上会损失多少美丽的花儿？

肃杀的季节，我不会再去评价一棵树了。同样，落寞的岁月，我们也不要轻易否定一个人。“安危不贰其志，险易不革其心”——树不懂，人却应知道。怀揣理想，超越冬天，可以等待心花怒放。

第一个被录取的人

抓住它！不要放手。一个有理想的人，沧海可填山可移，何况为一次小小的应聘？男儿志气当如斯。

某大公司招聘人才，应者云集。其中多为高学历、多证书、有相关工作经验的人。

经过三轮淘汰，还剩下 11 个应聘者，最终将留用 6 个。因此，第四轮总裁亲自面试，将会出现十分“残酷”的场面。

奇怪的是，面试考场出现 12 个考生。总裁问：“谁不是应聘的？”坐在最后一排最右边的一个男子站起身：“先生，我第一轮就被淘汰了，但我想参加一下面试。”

在场的人都笑了，包括站在门口闲看的那个老头子。总裁饶有兴趣地问：“你第一关都过不了，来这儿有什么意义呢？”男子说：“我掌握了很多财富，因此，我本人即是财富。”

大家又一次笑得很开心，觉得此人要么太狂妄，要么就是脑子有毛病。男子说：“我只有一个本科学历，一个中级职称，但我有 11 年工作经验，曾在 18 家公司任过职……”总裁打断他：“你的学历、职称都不算高，工作 11 年倒是很不错，但先后跳槽 18 家公司，太令人吃惊了，我不欣赏。”

男子站起身：“先生，我没有跳槽，而是那 18 家公司先后倒闭了。”在场的人第三次笑了，一个考生说：“你真是倒霉蛋！”男子也笑了：“相反，我认为这就是我的财富！我不倒霉，我只有 31 岁。”

这时，站在门口的老头子走进来，给总裁倒茶。男子继续说：“我很了解那 18 家公司，我曾与大伙努力挽救它们，虽然不成功，但我从它们的错误与失败中学到许多东西；很多人只是追求成功的经验，而我，更有经验避免错误与失败！”

男子离开座位，一边转身一边说：“我深知，成功的经验大抵相似，很难模仿，而失败的原因各有不同。与其用 11 年学习成功经验，不如用同样的时间研究错误与失败。别人的成功经历很难成为我们的财富，但别人的失败过程却是！”

男子就要出门了，忽然又回过头：“这 11 年经历的 18 家公司，培养、锻炼了我对人、对事、对未来的敏锐洞察力，举个小例子吧——真正的考官，不是您，而是这位倒茶的老人……”

全场 11 个考生哗然，惊愕地盯着倒茶的老头。那老头笑

了 :“很好！你第一个被录取了，因为我急于知道——我的表演为何失败？”

男子如何回答，并不重要。一个有理想的人，沧海可填山可移，何况为一次小小的应聘？男儿志气当如斯。

希望好比幸福

理想如一棵树，发芽了，还没有树干；长出树干，还要枝桠；枝桠有了，绿叶葱翠，花，会自然盛开。

1997年，厂子倒闭了，他失业了。我在街头闲逛时，看见他坐在旧书摊后抽劣质香烟。他招呼我说："喂！老同学，最近忙吗？"寒暄中，得知他每月上省城某公园一两趟，那里有个旧书交易市场。"这些书便宜，毕竟读书人大多贫穷，还是有买卖可做的。"他充满希望地说，"一本赚个5毛甚至两块的，一天下来，也有一二十元收入，比上班不差。连续干几年，我想正儿八经开书店呢！"

2000年夏天，他果然开了个小书店。他知道我喜欢书，不时来电话说又到了什么什么货色，其实是想找我聊聊。"这本《飘》我看过两种版本，还是傅东华老先生译得好。"他说，

“现在书太滥，好东西得有所比较。”

言谈中得知，他的书店由于位置偏，顾客量比不上大书店，只是惨淡经营，扣除各种税费，收入比摆旧书摊好不到哪里去。

“但是，”他乐呵呵地说，“我有很便利的条件，了解古今中外的优秀著作，就是当不了学者，至少可以争取做一名三流作家。”

翌年，他开始了业余写作活动。一些报刊不时发表他的散文、小说什么的。虽然没有产生反响，但两年积累下来，也有十多万字。“弄得好，以后可以出个集子，摆在我自己的书店里卖呢！”他满怀希望地说。

2002 年，由于家庭变故，他的书店不得不关门，但凭着那些发表的作品，他很容易便在省城报社谋得一份记者工作。“真没想到啊！”他很激动，“我小时候的梦想居然在下岗、失业后实现了，呵呵，老同学，你将看见一个富有社会责任感的记者！”

他的确很努力，努力到不怕死的地步。2002 年冬天的一个深夜，他在回家的路上，被一伙歹徒拦住：“你就是那个多管闲事的记者吗？！”搏斗中，他腹部挨了一刀，差点送命！我到医院探望他时，他艰难地笑道：“老兄，不要紧，我这是因公负伤，单位出钱给我治疗呢！呵呵，这件事只说明一个问题，我做记者很称职，前途大大的！”

从那以后，他一直都是个关注百姓生活、路见不平拔刀相助的“平民记者”，深得读者信任。他的名字是他所在报社的一个招牌。很多身处困境的市民都愿意向他反映情况，寻求帮助。

有一次，他参加电视台的一个访谈节目，主题是“希望与理想”。他向观众介绍了自己的一点经历，然后说：“我采访过很多不幸的人，他们的共同点就是对未来失去了希望，这是他们自己的错误。希望的本质是幸福的一种，也是这个世界能提供给人们的最基本的幸福。只要你不放弃希望，幸福就可能不放弃你。”

是啊，希望，或幸福，与我们的理想紧密相关。那理想或许如一棵树，发芽了，还没有树干；长出树干，还要枝桠；枝桠有了，绿叶葱翠，花，会自然盛开——无论需要经历多少环节。

岛屿、海鸟、人

有了兴趣，就有了理想；有了理想，就有了机会。有时，这个机会决定生死。

我读初中时的班主任来自一个渔民家庭，也许长久面对大海，养成了宽阔胸怀，从未见他发过脾气，更没有惩罚过我们。所以，作为学生，我们并不“怕”他，倒是经常给他惹麻烦。而我们所在的班级，也是全校有名的“差班”。

有一天开班会，班主任说：“今天教导主任批评我了。”说完这句话，他居然咧嘴呵呵笑，像受到一次表扬。我们跟着乐，然后他说：“主任说我不称职，因此造就了一批无知的学生，将来，学生会骂我的。”我们赶紧表态：“不会骂，决不会！”他笑笑：“你们，还是应好好学习呀，知识就是力量，知识就是饭碗……”我们偷乐，这样的陈词滥调实在听腻啦！忽然，班主任话锋一转："算了！不讲大道理了，讲故事吧！"台下一片掌声。

他说——小时侯，我和海边的孩子在一起，比你们今天调皮多了。在一个休渔季节，我们9个伙伴合计一下，决定偷开家里的小渔船出海玩耍。

虽然是渔民的孩子，但我们对真正的大海并没有太深的感受，只是看着大人扬帆远航充满了希望和激情，所以，我们对这次航行是抱着美好幻想的。再加上那天风和日丽,一路顺畅，除了轮流把舵的伙伴外，还有的在船头唱歌，有的躺在甲板上看探险故事，真是有滋有味。

下午，起了一阵风，我们发现天空上有一些海鸟匆匆飞过，谁也不在意。约二十分钟后，天色变了，云层加厚，风也吹得猛了。大家这才紧张起来，决定赶快回家。

还没走多远，天就暗得像夜晚提前降临，风越发狂，浪越发高，小渔船此时成了一片孤零零的树叶，在洋面上漂浮不定，很难控制。一小时过去了，有较小的伙伴哭喊："怎么还不靠岸？！"

是啊，怎么还不靠岸？老实说，我们已经迷失方向了。即使比较大的孩子也一筹莫展，互相询问："你知道方向吗？"又下起雨来了，整个船被水包围住，根本弄不清东西南北。

时间在惊慌中流逝，天气却不见好转。浪里的小船上下颠簸，好像随时要翻。较小的孩子的哭声严重影响了大家，绝望情绪开始蔓延。

就在这时，一个伙伴惊叫一声："看！那边飞过一只鸟！"大家顺着他的手指望去，但什么也没有了。他喜悦地说："就按鸟飞的方向去吧！"有人怀疑："为啥？"他肯定地说："我今天刚好在看一本大海探险的故事，上面说鸟能辨别陆地的方向……"

情急中，我们只有按他的说法碰运气了。果然，不足二十分钟，我们前方出现一座岛屿。天晴后，我们才知道，这座岛屿距离海岸约五公里。

班主任说到这里，微微笑了。我们也松了口气。

"看看吧，一条小小的知识，救了9个孩子的命。"班主任说，"知识是多么重要啊！虽然上岸后家长将我们一顿痛打，但是，那本探险故事书却被村子里的人奉为神明，送进祠堂妥善收藏。"

我不敢说这个故事改变了我所有的同学，但是，我本人是深受感动的——在无知的大海中，知识就是岛屿，就是生命的栖息地。一本有益的书，就是一个，甚至很多个机会。有时，这个机会决定生命能否靠岸。

有人记得你的豪情

生平只负云山梦，一步能空天下山。少年豪情，就是理想啊！是谁，一直在推动少年成长？

1990年7月9日下午，他步履沉重地走出高考考场，心境一片灰暗。当时，他的父亲正等在考场门外，向里面张望。他满怀愧疚，同时有点怨愤，他不希望看见父亲那期盼的目光。因为他是个“差生”，他自己都不对未来抱什么希望，也不愿父母对他抱任何希望。

刚走到父亲面前，旁边急匆匆地经过一个人，父亲招呼一声，那人热情回应：“你今天来送考啊？哦？这是你的孩子？”他局促地站在那里，因为，那个人是他读高一时的化学老师，他害怕老师问他考得怎么样。父亲正与老师闲谈，忽然，老师指着他对他父亲说：“你的孩子有志气，那年文理分科，他写了一张很特别的志愿书……你的孩子将来一定有出息！”

他一下子愣住了！老师的话使他回忆起两年前，那个初春的下午，他一个人躲在寝室内激情澎湃，为了上文科班，年少轻狂的他正起草一份志愿书，用的是诗歌语言，洋洋洒洒两页纸，表达了他多方面的抱负与志向，每一段结束语都是——我要上文科！我要上文科！

当时，这份志愿书被老师们传阅、赞叹过，他幼小的虚荣心也得意过。很快，他就淡忘了这件事，因为，他无法用短暂的激情去应对长久而枯燥的学习生活，他渐渐落伍了。可怕的是，落伍导致他厌学，厌学导致他更落伍，这种恶性循环持续两年，直至高考的到来……

所以，他宁愿没有任何人记得他当年写的什么“志愿书”，那简直是一种羞辱！眼高手低、志大才疏，高考一败涂地的他，没有勇气去面对当年的豪情。回家的路上，父亲问起“志愿书”的事，他极力否认：“没有这回事，是老师记错人了……”

14 年过去了。一天晚上，他与太太闲谈往事，就想起了“志愿书”。他从柜子里翻出一本 1988 年的日记，找到初春的那一天，是的，那份曾经令他不敢面对的“志愿书”，工工整整地抄录在那里，笔迹还带着他年少轻狂的情绪。他从头读到尾，眼圈热热的。他对太太说：“如果不是那位化学老师的提醒，我可能真的会忘记它，我可能会成为一个没有豪情的人，我可能会因为高考失败而沉沦……我谢谢老师，谢谢有人记得我的豪情。”

如今的他谈不上成功，只是一名普通的编辑，但是，在当年的“志愿书”上，他把“将来当编辑”列在第3项。他，终于可以坦然面对少年时代的豪情了——

那是当年的理想啊，正是它，推动着他。虽然理想曾给他以羞辱，但责任不在理想，而在少年自己。而且，所谓羞辱，又何尝不是追寻理想的“另类动力”？

一样的渺小

进化是持续不断的流水，理想是不会熄灭的光明。当我们到达高处的时候，世界应该更大。因为我们自身永远渺小。

画家早年颠沛流离，吃尽了人世的苦头。中年以后，他开始发达了——作品受到社会的广泛赞誉，名声日隆。如今，他的任何一幅作品，只要拿到市场上，都会引起富人们的竞价争购。可是，画家并不像别人想象的那么幸福与快乐，他曾经对弟子们说过这样一句意味深长的话——

当我变得高大的时候，我发现，这个世界实在太渺小了。

通过弟子们传诵，此语已被世人奉为一句关于奋斗与成功的格言。其实，画家已经陷入深深的孤独，在这个世界上，他除了作画，没有任何追求，而作画本身又不能给他以突破的喜悦，他感觉自己被困在一个牢固的"茧"里，高高悬挂在人们能够仰望的地方，上不着天，下不着地……

一天，画家偶然得知一百公里外的山上有一位老禅师，道行极高，心中顿生仰慕，决定去拜访。为示诚意，画家没有开自家的高级轿车，而是带弟子们步行前往。

那是一个山清水秀的地方，没有奇峰峻岭。山脚的连绵水田里，有农夫和牛耕作的身影，村庄炊烟袅袅，头顶阳光响亮，像一首以重低音为背景的轻快的曲子。画家心中喜悦，按照当地人的指引，向一座小山上走去。

到了山腰，画家远远地看见山头有一个农夫，正躬身锄地。在蓝灰色天幕的映衬下，农夫的身影像一块人形的墨迹，蠕动着。越走越近，画家看清，是一位老农，在清理自己的小菜地。画家汗流浃背地驻足四顾，寻找山下人说的那座小庙宇。弟子们也在一旁帮着搜寻，可是，附近并无庙宇。

锄地的老者停止劳作，看着他们，目光淡定。画家问道："老人家，知道某某禅师住在哪里吗？"老者说："我就是。"画家大喜："有眼不识泰山，刚才我在下面就看见你了，可惜显得太渺小了。"老者淡淡地答道："你们在山脚时我就看见了，也是一样的渺小。"

场面忽然有些凝固。画家的弟子们颇为不满，觉得这禅师身怀傲气，且有争斗之心，不像那么回事儿。但画家却没有生气，在那里愣神片刻，两手一拍，道："回家！"

后来，画家又说过一句格言，被弟子们传诵出来——当我变得高大的时候，我发现，这个世界也越发高大了。

不是因为世界不够大，而是我们的目光太短浅。我们有时只能看见自家的小花园，而不知道遥远的南美，还有无边的亚马逊丛林。

饥饿，使他嗅见生机

一位英国人说，有些欲望对于维持生命运转是必须的，而且，那些真实需要得到满足的人们，一定承认那些幻想。

1968 年冬天，12 岁的小舅赌气离家出走，发誓永远不见我外公了。当时，幼稚无知的他沿着乡村小道往南方跑，那边都是山。据说，只要过了那群山，就能看见一座大城市。

傍晚时分，小舅抵达山脚。那里看不见人烟，小舅心中有些恐慌，但是他仍然硬着头皮前进，他相信天黑后一定能发现村庄的灯火。不巧的是，天空开始飘雪花，寒风呜呜，地上很快积了一层雪。他掏出准备好的死面饼，一边啃，一边小跑着，嘴干的时候，就从地上抓一把雪吃。

天擦黑了，小舅遇见一个打柴的。他问：“前面有村子吗？”打柴的奇怪地瞅他一眼，说：“有。”小舅没多说，继续跑。那时，寒风呼啸，雪像棉花团一样从天空砸下来，山路越来越艰难。小舅认为村子就在前面，也不怕，一心赶路。

不知道走了多长时间，小舅根本找不到村庄的影子，而雪已经深得齐小腿肚子了，每走一步都得付出汗水，小舅不断地从地上抓雪吃，还喘着粗气。他很累了。

山里黑漆漆的，四处都隐藏着危机，小舅的心理渐渐失守，恐惧一波一波地冲上脑门，令他汗毛倒竖。就在这当儿，小舅一声惊叫，摔入一个石坑，左脚踝碰着了，疼得钻心！那时，他感觉到末日的来临。

还好，等疼痛过去后，小舅奋力爬出石坑，一瘸一拐地还能走。也许老天怜悯他，前面的林子边黑乎乎地出现一座房屋的影子。小舅欣喜若狂，挣扎着向前跑去。可是，近前一看，这草屋后墙已经倒塌，没人住，只有一间小厨房还完好。小舅没多想，一头扎进厨房，将门用木头紧紧抵住。

在干草堆里昏昏沉沉睡了一宿，醒来的时候，小舅觉得头疼欲裂，全身滚烫，左脚踝肿胀得厉害，翻个身都很困难。他爬到门边，一看，妈呀，雪深得齐腰，而那时的太阳正当空，也就是说，他昏睡了一夜加一上午。处于绝境的小舅呆呆地缩在小屋里，哼唧哼唧地哭，后悔莫及……

话休絮烦。小舅在没有食物的那四天里，只能吃点雪。恐惧的时候，他就埋头在草堆里睡觉，恶梦连台。第四天，小舅实在饿得不行了，梦中总是能闻到锅巴的香味。醒来后，虚弱的他强迫自己站起身，在厨房里寻找，盼望能找到一点食物——而找到的只有绝望。

很多年后，小舅告诉我："那天非常神奇，我坐在干草上，感觉满鼻子里都是锅巴的香味！根本不像做梦。我呆呆地闻啊闻，渐渐觉得锅巴的味道是从一个固定的地方飘来的。我试着翻开干草，不断地翻，一层一层地翻——果然，干草堆的最底下藏着一块手掌般大小的锅巴！"

死里逃生的小舅欣慰地说："如果没有极度的饥饿，他就不会产生那么神奇的嗅觉，某种意义上说，正是饥饿拯救了他。"

在这个世界上，还有多少人是受各种各样的"饥饿"所指引，才灵敏地嗅到、抓住解脱困境的契机？所谓饥饿、所谓困境，往往是人生黑暗的最后一站，如果它逼迫你，就咬牙再跨一步吧，说不定那一瞬：柳暗花明。

有些苦，不用力气扛

面对理想的，不仅是我们的身体，更有我们的灵魂参与。如果一个人垮了，首先垮的，可能是灵魂。

曾祖父年轻时为地主所逼，逃到甘肃、新疆一带当强盗，劫富济贫，在我这一代人眼中，颇有些浪漫色彩。

一次头领要送一批货到沙漠那边，挑选了我曾祖父等五个壮小伙，另外配一名当地人做向导。

见到向导的时候，曾祖父很吃惊，不满地嚷嚷："这个干瘦老头子，到时候会拖累我们的！"那位向导十分恼火："狗日的，你以为长了一身肉疙瘩就能闯沙漠？到时候，我还怕你们拖累我呢！"头领斥责了我曾祖父，请向导快快带他们上路。

过沙漠，大约八天路程。向导零零碎碎说了许多注意事项，反复强调了将要面临的困难，并说："有些苦，不是用力气扛的，而是用心扛。"曾祖父们不懂，只是看那干瘦老头驼着背，一边抽旱烟，一边咳嗽，心想：一阵沙暴就能把他吹上西天。

两天后，五个壮小伙就十分疲惫了，而向导老头牵着运货的骆驼照常悠悠地走，像没那回事。曾祖父暗自惊讶，心中油然而生敬意，同时也感到疑惑：同样两天时间，在沙漠外东奔西闯，我们从未叫过一声苦啊！

第五天，小伙子们基本上没了欢声笑语。酷热、干渴、枯燥时刻折磨着他们的神经。一望无际的沙漠弥漫起绝望情绪。那个向导老头也变得步履蹒跚，但从未听见他哀叹、埋怨。作为领队，他将剩下的两羊皮袋水管得很严，说："没到时间，谁动一滴，回去就得剁掉一只手！"曾祖父们对此人又敬、又恨、又怕，拖着沉重的身躯盲目地跟随他，没有轻举妄动。

第六天，小伙子们有些精神恍惚了，不时有人"发现"沙漠中的奇异景象。向导老头警告道："你们紧紧跟着我和骆驼走，什么也别管，否则会发疯的！"又埋怨道："你们头儿不信任我，非得叫你们押送货物，要不，我七天就能过沙漠了……"

第八天傍晚，"旅行"终于结束了。曾祖父们也彻底跨了，大病半个月；而向导老头只是连续两天大吃大喝大睡，便恢复了原貌。

很多年后，我翻阅报告文学《唐山大地震》时，看到一位老太太被困在废墟中长达半个月，却依靠一盆水活了下来；而很多同样困在废墟中的成年男子，却熬不过一周。

因此，父亲在讲述曾祖父的故事时，告诫我：真正的锻炼不仅是拥有一个强壮的身体，更在于拥有面对困厄绝境时的那个坚韧不拔的灵魂。

这不是单纯的“唯心主义”。身体的确能“支撑”灵魂，而理想，生活在灵魂里。

大学、大巴，都是理想

如果一个理想太美妙了，以至于在现实中并不存在，那么，这个『理想』本身必有缺陷。

十多年前的一个暑假，有两个六岁的孩子跟随家长赴宴。席间，大人们逗两个孩子玩，问道：“说说你们将来的理想？”

孩子甲不假思索地答道：“我长大了要考大学，非清华、北大、复旦不上！”孩子的父母在一旁乐呵呵地，大人们也纷纷赞叹这小孩有志气。

轮到孩子乙说话了，不料他一语“惊”四座：“我长大了要开大巴！想在哪站停，就在哪站停！”大人们愣在那里，不知如何“应对”。孩子乙的父母有些羞愧，打哈哈说：“我家孩子就是顽皮。”

孩子乙的母亲是我今天的同事。一天她偶然说起这事，大家都笑得欢，因为童真可爱，还因为她的孩子如今的确与大巴有关——在某中外合资的汽车公司做技术工作。

孩子甲呢？据孩子乙的母亲说："甲从小受到家庭严格管教，自幼儿园开始学绘画，然后逐年增加书法、钢琴、英语等课程，到了读小学高年级时，已经是个'全才'。"而那时的孩子乙依然固我，该学习时安静，该玩耍时调皮。这位母亲说："我们实在不忍心给他太多负担，孩子就是孩子。"

读初中时，两个孩子成绩平平，不同的是，甲少年老成，而乙依然一股孩子气。中考过后，乙上了所普通高中，甲父母花大价钱给他找了所据说很高级的私立学校。

高三那年春天，忽然爆出新闻，孩子甲不知何故偷跑到千里之外的海南岛去了，而孩子乙正忙着考大学。

在我们的猜测中，孩子甲显然成绩不好，又忍受不了来自家庭和学校的压力，才逃跑的。因为他从小就承担着家庭的重望，"非清华、北大、复旦不上"的誓言岂能轻易磨灭于他幼小的记忆？而乙是幸运的，宽松的家庭环境，能够使他相对从容地面对人生的大转折。

我不认为这个故事有多大的典型意义，但我仍然感叹于孩子乙母亲最后的话：对于两个六岁的孩子来说，考大学肯定没有开大巴有趣，因此，他们的理想，一个虚伪，一个真诚。

诚哉斯言！但对于当今的父母来说，又有多少人能够接受孩子的这种“真诚”呢？其实，就真诚而言，开大巴与考大学这两个理想具有同等价值。没有一个真诚的理想，就难以产生真诚的动力，进而蹉跎一段真诚的人生。

两只眼睛，两万颗星星

丈夫四方志，安可辞固穷？远方的理想，可以将我们拖出眼前狭隘的小圈圈。

儿时与母亲乘凉，躺在竹床上，两眼望向无际的夜空，心中充满惊奇，因为宇宙深处星星点点，繁华一片。那时候，我不知道自己面对的是一些宏伟的事物，我问：“它们有多高？”母亲说：“有三座山那么高。”我问：“它们有多大？”母亲说：“有乒乓球那么大。”我问：“它们会掉下来吗？”母亲说：“会。”于是，好多个夜晚，我都直挺挺地躺在竹床上盯着星星，希望有一颗正好落在门前的操场上。

上学后，我才知道母亲说的只是童话，虽然荒诞，但其中包含的趣味却令人感动。也是一个夏天，我期末考试成绩下滑，回家后心惊胆战，不敢言语。母亲察觉了，一直不问我考得如何。父亲回来，她还将他拉进厨房嘀咕一通。晚餐时分，父母作出轻松愉快的样子，绝口不提我的心病。到了乘凉的时候，母亲照例搬出竹床，给我躺着。那时，我又深切地注意到宇宙深处……

母亲来了，拿了两块西瓜，给我一块，她说“两只眼睛，能看到两万颗星星,眼睛是不是比星星还大？”我“唔唔”作答。母亲说：“如果眼睛能看到两万颗星星，它就不必老是盯着一张成绩单。”我一下子就噎住了，心中的愧疚无法掩饰，随着眼泪哗哗地淌出来。母亲装作没看见，像是自言自语：“每个人都是这个世界的中心，他以他的眼睛、心灵看世界。这么宽广的世界，这么多的星星，都是对应着你而存在，你拥有很多。所以，即使在考卷上丢失 100 分，那也是很渺小的事情。”

那个夜晚，我内心获得了上学以来从没有过的轻松，我仿佛跳出一个狭窄的圈子，整个暑假，我生龙活虎，尽享少年的欢乐。

参加工作后,我因为自身能力的欠缺,在 1999 年面临失业。当时，我非常失落，但除了自己，我也不能怨怪谁。母亲知道了，脸上并没有惶恐，还是照常上班，操持家务。我每天除了吃饭、睡觉、读书、写作外，就没有什么事情。时间久了，心中难免焦躁。有时，我就在晚上一个人去旷野散步，抬头看广袤的夜空——哗……群星展现，无限宽阔，心灵随之飞扬。

是的，上帝给了我两只眼睛，同时赋予我两万颗星星，这个世界无意于“封存”我，除非我自己钻进死角。诸多阴霾笼罩的时刻，只是因为我自己心灵的萎缩与畏缩，而面对如此宏大的世界，如果没有一颗积极、活跃的心，那就只能沉寂、沦落。每一颗星星都是一个世界、一个机会，至少有一个世界、一个机会是对应我而存在！

两年后，我因为良好的写作成绩被一家文化单位破格录用。当时，机会来得很突然，我在没有充分的准备情况下仓促告别家人，独自去数十里外的城市租房子，一天奔波下来，终于安顿了。那时，我找到一个电话亭，给母亲报平安：妈，天上终于掉下一颗星星……

哥伦布发现『旧大陆』

哥伦布只是寻找印度，却意外地发现美洲大陆。『小理想』，未必只带来『小成绩』。

上写作课的时候，语文老师问：“谁看见教室后墙黑板边贴着的那张小纸条了？”同学们一起回过头——黑板周围什么也没贴呀？

老师说：“这张小纸条是我前天早上贴的，上面写了字，就是今天的作文素材。因此，这张纸条非常重要。”

同学们很惊奇，难道布置写作文需要这么故弄玄虚吗？老师解释：“而且，这也是一个有趣的测试，我们不妨先谈谈这张小纸条——请问，哪位同学注意过它？”

一名同学回答：“我看见过它，但是，我没在意它是什么。”另一名同学懊悔地说：“昨天下午放学，我们组打扫教室，我也看见了，顺手将它划拉下来，可能扫走了。”

语文老师点点头：“好的，至少有两名同学发现过这张重要的纸条。那么，为了上好这节课，我们还是先寻找一下小纸条吧。”坐在后墙附近的同学们立即行动起来，有检查地面的，有查看桌肚的，凡是角落，都没放过。

“哎呀，是不是这个？”一个女孩站起来，举着一张纸片。老师说：“你念念上面的字。”女孩念道：“哥伦布发现‘旧大陆’。”老师笑了：“很好！就是它！”

同学们都很意外。老师问那个女孩：“怎么样？发现纸条的感觉如何？是不是很惊喜？”女孩微笑。老师又说：“其实，这张小纸条在昨天就被至少两名同学发现了，但他们却没有惊喜，为什么你会觉得惊喜呢？”女孩说：“因为我知道它有价值。”

“好了。”语文老师走到讲台上，“现在正式上课。哥伦布当年发现美洲大陆，被载入史册，其实，早在哥伦布之前，印第安人已经在那里世代居住了，他们比哥伦布发现美洲要早多少年？哥伦布发现的不过是一片‘旧’大陆罢了，有什么了不起？”

同学们没说话。老师转身在黑板上画了一个球体，说：“因为，哥伦布的这个发现证明了地球是个球体，而这一点，后来改变了整个人类的思维。”老师又举起小纸条：“它，其实是一个不太恰当的比喻——当你不在意它的时候，它是没意义的；

而当我们需要这张纸条的时候，它的出现，会带来惊喜。”

老师转身在黑板上写：发现的意义。

——“同学们，就用这个题目做作文。”

长大后，我才真正了解“价值”这个词：以人的眼光看，它是一切事物的意义所在。“价值”可以考量一张纸片，也可以考量我们的理想，乃至一切。

内心的那台发动机

推进我们抵达理想的那台发动机，就隐藏在灵魂深处。

战争开始后，年轻的音乐家失业了。他与他的伙伴们各奔东西，只为保命。

城市一个一个地沦陷，音乐家总是在不停地搬家、搬家。战争的阴影始终笼罩在人们头上，经济一片萧条，通货膨胀。音乐家数年积累的钱已经用光，而如今又没有人能闲下来欣赏他的艺术，更不会给他报酬，音乐家成了个要饭的。

但是，战争开始的三年来，音乐家一直没有忘记自己是音乐家，他随身带的小提琴总是在清晨和黄昏的时候响起来。在险恶的环境中，他还能每天陶醉两回，这是非常奢侈的幸福。

第四年春天，在街头的突发性战斗中，音乐家躲避不及，被一颗流弹射中胳膊。他落荒而逃，背着小提琴流浪乡下。那里，他遇到多年前的一个朋友，朋友带他看医生，给他简陋的住宿和有限的食物。

半年后，胳膊终于康复了，音乐家又能拿琴，但演奏的时候，胳膊有些僵硬，找不到以前的美好感觉。他很伤心、很惶恐，音乐是他的生命，而他必须是个音乐家。于是，他逃离乡村，到城里寻找更好的医生，想治好胳膊。

不幸的是，音乐家被敌人抓获，当做间谍关进牢房。小提琴被没收了，敌人砸开它看里面有没有“情报”。提审的时候，音乐家要求归还小提琴，敌人指着墙角的一堆烂木片哈哈大笑。

敌人无法判他的罪，也不放他出去，从此，音乐家陷入无边的黑暗。他整天呆在牢房里，不知道外面的世界怎么样了。自由无望，音乐家竭力平静下来，决定安于这种生活。他每天面对墙壁，像看着乐谱；然后支起左臂，像拿着一把小提琴；再抬起右手，像在舞台上一样——拉“琴”。

心中的音符隐隐浮现，耳畔的曲调幽幽响起。随着时间的推移，音乐家发现，他重新成为音乐家了！每当他摆出拉琴的姿势，整个牢房似乎成了音乐大厅，他能听见各种乐器制造的美妙声音。置身于辽阔的音域，他浑然忘却了时间，忘记了世界，忘记了战争。

这么着过了三年，敌人终于败退了……

当幸存的亲戚、朋友们发现音乐家还活着出现在电台时，他们是多么的惊讶和欣喜！他们找到他，询问他这些年是怎么过来的，因为，曾经与音乐家同台演出过的乐手们，大多不堪生活的坎坷、命运的颠沛流离，早已荒废了艺术，改行做手工或买卖了……

音乐家说：“在我手臂面临残废的时候，感谢上帝给了我幻想这个珍贵的礼物，让我面对墙壁，在空气中练‘琴’三年。但这一切，都来自于内心的那台永恒的发动机……”

永恒的发动机——音乐家的理想——对艺术的爱，那是他生命中最真、最强的动力。

机会的种子

理想本身，高于一切机会和欲望。不是机会和欲望成就理想，而是理想指引并成就它们。

上帝分别给两人一粒种子，并许诺：三年后，谁培育出世上最大的花朵，足以让我坐在天堂上观赏，谁就能获得飞翔的机会。

甲立即揣着种子出发。他发誓要找到世上最肥沃的土壤，最优良的气候条件。

乙没有出发。因为他觉得脚下的土地满不错，随手将种子埋入土中。

一个月后，种子发芽、长大、开花了。那花很平常，既不大，也不奇。乙没有放弃，而是精心培育、守护。第二个月，他收获几十粒种子。然后，他将种子全部埋入附近的土地中。

此时的甲，已走了很远。

乙的种子们又开花了，依然是平常的花朵，只是颜色多了两种。乙很高兴，他像园丁一样关怀着这群花。不久，他收获了一小袋种子，并立即将种子播撒在更大的范围。

此时的甲，杳无音信。

乙的种子们又开花了，依然是平常的花朵，但出现一些变种，颜色也更加多样。乙很兴奋，他估计奇迹就蕴藏其中。不久，他收获了数袋种子。为了更广泛地播种，乙爬上附近的山头，用箭将种子射向四面八方。

两年过去了。甲走遍天涯海角，但始终没有找到合适的土地，因为再好的土地都有些可疑，似乎仍有更神奇的土地在遥远的地方召唤他。因此，他的那粒种子一直揣在怀中，无处发芽。

而此刻乙所在的地方，已是漫山遍野的花朵了。这些花朵形态各异，多姿多彩，虽然没有一朵堪称大花，但乙不感到失望，因为种花本身的乐趣令他欣喜不已，充满创意，他更加投入这项工作了。

第三年春天，上帝站在天堂的大门边，看见世上有一朵硕大无朋的花，乙正在这朵花中忙忙碌碌。上帝还看见甲依然揣着种子到处奔波，像个投机分子。

刹那间，乙感觉自己身轻如燕，飘飘欲仙。他抬头看见上帝的微笑，赶忙说："上帝啊，请原谅，我不再想飞！"

上帝感到惊异："难道这不是你种花的初衷吗？"

乙说："当初，我的确是为了飞翔的欲望而种花，并为此漫天撒种，不料机会的来临竟如此简单而主动，它也因此在我眼中失去了原有的分量；现在，我更重视种花本身，因为——它是飞翔之母，高于一切机会和欲望。"

当我们热爱一项工作的时候，我们就贴近了理想，临近了价值和意义之所在。

没有理想的『后排羊』

理想本身，及其实现的障碍，均存在我们自身之中。

我刚领命去太行山脚那片草场时，还不懂放羊这份活计，那个即将退伍的老兵简单介绍一下领头羊的重要性后就走了。

第二天，我将羊群放出栏，它们照常跟着领头羊走，井然有序，我只要在附近守望即可。

一周后，我熟悉了这个羊群，没啥可操心的。无事的时候，我就坐在山包上抽烟闲看。时间久了，看出些门道：羊群呈三角形散布在草地上，后面的羊似乎永远不上前头去，只是跟在其他羊屁股后吃剩草。我突发奇想：如果将后面的一只羊赶到前面领队，能不能行？

于是，我开始行动，硬是将最后一排的某只羊赶上前。它是很不情愿的，经过一番周折，它还是想往后挤。领头羊奇怪地看看它，也懒得管，照样埋头吃草，缓缓带领羊群移动。

我认准了那只不争气的后排羊，第二天放牧，我再次将它往前面赶。它仍然不习惯当“头”，显得很慌乱。其实，作为领头羊，不但能吃到新鲜嫩草，还可以欣赏崭新的风景，为何这只羊硬是不领我的“情”呢？

这个恶作剧持续多日，最终以我失败告终。每当看见那只后排羊，我心中就很恼火，因为它已经完全适应了“跟屁股”生活。对于它来说，领头不但不能产生新鲜感，反而会使它处于不知所措的境地，它真正需要的就是：看着其他羊的屁股吃草。

多年后，我走上工作岗位，在一些老会计师的带领下干业务。时间久了，我也习惯了这种工作模式，在一边抄抄写写、算算，得心应手。有一天，主管问我能否独当一面，我犹豫片刻说：“暂时不能。”

半年后，单位新增不少人员，队伍重新组合，主管再次问我能否独当一面，我再次犹豫着说：“暂时不能。”

又是半年过去了，行业改制冲击了我所在的单位，当时内部有个规定：凡是没有担任过半年以上小组长职务的员工，一律下去学习、待岗，每月领取300元生活费；一年后考核不合格，必须下岗。

一年后，我第一次品尝到下岗的滋味。其实，我曾经有过两次担当小组长的机会，但我主动放弃了。当年我逼迫后排羊做领头，而今我发现我也是一只后排羊。

没有理想，就没有机会——哪怕机会送到你面前，也照样擦肩而过，后悔莫及。

第二辑

理想缠身，甜酸苦辣

被理想『纠缠』的生活，是什么感觉？只有那些有理想的人知道。

为了不被理想纠缠

志不强者智不达——因为理想，我们将生活添加幻想；因为努力，我们将幻想化为现实。最终，超越痛苦。

他于72小时前脱下脏兮兮的工作服，离开餐馆，去一家私立学校进修美术专业。老师看见他的时候，感觉他与一般学生不同，特别是手，太粗糙，不像握画笔的，就淡淡问了句。他坦然相告："我这手握了三年炒菜勺，之前还在建筑工地搬过两年砖头，再之前还在家乡使过三年锄头。"老师有些惊讶，没有进一步提出疑问，倒是旁边的几个同学在偷笑。

课程开始后，他听得非常认真，每次静物写生，他都是那么卖力，那么专注，那么投入。搞艺术的学生们原本都有些浪漫性格，嘻嘻哈哈地放荡，惟独他一板一眼，浑身没有一点"艺术味道"。虽然他在同学中年龄最大，可是因为憨厚朴实，常有调皮的家伙跟他捣蛋，取笑他、欺负他。他也不生气，通常就是咧嘴笑笑而已。

半年后的一天，一个家住本市的少年喝酒回来，在教室里发疯。他看见了，过去劝。那少年不理睬，居然抓起一只调色盘扣在他头上。他愣在那里，颜料从头发上淌下来，流到脸上、脖子上、衣服上……他听见全教室一片哄笑。忽然，他震怒了："混帐东西！真以为老子好欺负——是吗？！"说着，他也抓起一只调色盘，狠狠地打在少年脸上，少年应声而倒，头角撞在桌子上，流血了。教室里一片安宁。少年默默地爬起来，满脸乱七八糟的颜色，鼻子好像也在流血。教室里仍然一片安宁。

"好小子，你等着！"少年说。他再次震怒，一把封住少年的衣领："还敢威胁我！去你X的！"他甩手一巴掌，打得那少年直踉跄，靠在墙边不敢再说话。他指着少年："滚出去！"少年乖乖地出去了。

老师进来的时候，发现情况有异就询问，没人敢说话。他坐在那里也不说话。老师点名问他怎么回事，他就把刚才的事简单陈述。老师皱皱眉，便开始讲课。

快下课的时候，挨揍的少年回来了，身边跟着个汉子。"砰"的一声，少年揣开教室门，吓得老师和学生们一大跳。"某某某！出来！"少年指着他怒吼。他在座位上轻蔑地瞥少年一眼，纹丝不动。"爸，就是他！"少年指着他说。那个父亲满脸怒气，杀机暗伏，但口气却轻松："你，出来一下。"

他依然不动。老师挡在教室门口，劝解，却没有人在乎他。少年大骂："你这个乡巴佬！本是个扛锄头的、搬砖头的、炒菜的，在这里坐着，人模狗样——给我滚出来！"

他站起身，手上拎着个凳子，边向门口走，边说："你不要再侮辱我，你和你爹都不是我对手，我并不想打架，但是如果躲不过，我也可以杀了你们放锅里做炒菜！"他指着少年的父亲："你居然生了这么个劣种，还好意思跟他到学校来丢脸？"他猛地举起凳子，逼近门口……所有的人都倒吸一口凉气！

但是，他又一转身，走上讲台："告诉大家，也许我真的不配学画画，但是，我小时候的确有个梦想，就是当画家。长大后，我没条件念书，只好在家干农活。为了多挣钱，又到城里打工，搬砖头、做厨师。其实按我这年龄，在村子里早该结婚了，可我宁愿得罪父母，也要把攒下的钱拿来学习画画。我知道我失败的可能性占百分之九十九，但我还是要学到底——就是为了使自己死了这条心，否则，我会被当画家的理想纠缠一辈子！"

少年愕然，父亲赧然，老师和同学们默然……

明知不可为而为之，需要多大的力量和勇气？并非每个人都能确定理想能够实现，更罕见有人为难以实现的理想付出真诚的汗水——而这样坚强勇敢的人，如果能化为所有的人，世界会有何种震撼？

只是为一个洞奋斗

如果自己的『理想』，只是为了博得一些掌声，这样的理想，除了带来苦闷、纠缠和失望，还有多大价值？

一个男孩与伙伴们做游戏，看谁能在地上挖出一个最深最大的洞，能够容身。这不是一件轻松活，但大家都找来小铁锹，挖得挺欢。

挥汗如雨，干劲冲天。大家一边挖，一边窥视其他小伙伴的进度，心中都暗暗憋着股劲，不甘落后。这个男孩年龄在伙伴中是最小的，但也是最有“自尊”的。他挖呀挖，手很快磨出了血泡，要是平时在父母面前，他说不定会哭，可此刻他不在乎，甚至忘记了。他一定要超过伙伴们，至少也要打个平手。再说，男孩子们挖洞的时候，旁边还有女孩子围观呢！

不知过了多长时间，还没有一个人能竣工。这时，有个小伙伴的妈妈叫他回家吃饭，剩下的伙伴继续挖，但斗志不似开始时的锐利了。接着，又一个伙伴回家吃饭了。

这个男孩暗暗欢喜，因为少了两个竞争对手。他算计着，再拼命挖一会，洞就差不多成了。

在时间的流逝中，又走了两个男孩，旁边围观的女孩也先后散去。最后只剩下这个努力的男孩，他是唯一坚持挖洞的人，他注定要成功……

当他疲惫地甩出最后一锹土的时候，抬起头，看见旁边站着一个大人，那人问："你在干什么？"男孩说："挖洞呀？"大人惊奇地问："这些洞都是你挖的？"男孩自豪地说："不是，那些都没挖成，只有我一个人挖成了。"大人笑笑："真有力气。"就走了。

看着大人的背影，男孩非常失望，他多么希望与他比赛的男孩子们在场，即使那些女孩没离开也好呀？

这个孩子长大后，就成了今天的我。在成长的经历中，为了博得别人的掌声而拼命"奋斗"的往事多了，可最后看见我"成功"的，却常常不是我所预期的那些人。

成人世界中也多有类似的意气之争，在"成功意象"的驱使下，不过是挖了些无聊的洞洞，给有限的生命增加一些没有价值的劳苦而已。如果这就是为"理想"而努力，理想不要也罢。

奋斗的另一面是什么

为了理想，你了解环境了吗？适应环境了吗？你不能在一杯水中掀起风暴。

最后一课。

社会心理学教授躺在讲台上的摇椅中，悠闲地告诉他的学生们："奋斗这个词已被讲滥了，它通常是指一种强硬的人生态度，主张不屈不挠，勇往直前。但事实上，人面对社会乃至整个自然界，是极其渺小、无力的，因此，不要因为年轻的激情而被奋斗这个词误导。"

学生们很惊奇，这样的谬论竟然由敬爱的导师躺在摇椅上讲出来，活像某个小品中的场景。教授显然看懂了台下的情绪，笑呵呵地点燃一支香烟，说："在我看来。奋斗包含两个层面——积极斗争和消极适应。请大家随我走一趟。"

数十号人马浩浩荡荡地开拔进教授家门前的草坪上。教授指着一棵老槐树说："这里有一窝蚂蚁，与我相伴多年。"学生们凑上前观看：树缝里有小洞，小蚂蚁们东奔西跑，进进出出，很热闹。教授说："近些日子，我常常想办法堵截它们，但未能取胜。"学生们发现，树周围的缝隙、小洞大多被泥巴、木楔给封住了。"可它们总是能从别处找到出路。"教授说，"我甚至动用樟脑丸、胶水，但是，它们都成功地躲过了劫难。有一段时间，我发现它们唯一的进出口在树顶，这是很不方便的；而一周后，我发现它们重新在树腰的空虚处开辟了一个新洞口。"

学生们表示钦佩。教授说："蚂蚁们的生存环境不比你们广阔，它们的奋斗舞台实在很狭窄。更重要的是，它们深深理解自己的力量，因此，它们没有与我这个'命运之神'对抗，而是忍让与适应。当它们知道自己无法改变洞口被堵死这一事实时，它们就很快地适应了。而自然界中那些善于拼搏、撕杀的猛兽们，如狮子、老虎、熊，目前的生存境况大多岌岌可危，因为它们与蚂蚁相比，似乎不太懂得奋斗的另一层力量——适应。"

教授说："适应环境本身就是为理想奋斗的组成部分，只有在此基础上，开辟战场去对抗生活才有胜算的光明。好了，祝你们树立理想，奋斗成功。"

就生存环境而言，这个世界对大家还是比较公平的。因此，谁先适应环境，谁就先站稳脚跟，掌握了主动权。

所以，他决定投海……

破灭了，消沉了……人就像一艘船，理想是风帆——修理风帆，保护风帆……不再纠缠。

一个失意青年在街头晃荡。这时，前面一个叼着烟卷的小混混冲他喊："四哥，没事在这里发啥呆？再叫两个兄弟到我家玩牌吧？"他抬起头，眼睛里闪过一丝光亮，乐呵呵地跑过去……

六年后，这个不再失意的青年，坐在画室里给我创作一幅主题为"海洋"的油画。他说："美院毕业后的那五年，现在回忆起来乱糟糟的，除了开始两年到处找工作，后来很多事情都记不太清楚了。"

作为一名青年画师，他在本市颇有些小名气。我曾经以为他的天赋很高，人生也挺顺当，没想到他居然当过"混混"。

“有三年时间，我与在社会上结交的一批哥们玩得很高兴，大家都是因为没有人生的目标而走到一起来的。”他笑着说：“这样的娱乐伙伴倒是挺热闹，可惜，时间在我们手中恍恍惚惚地流了三年，回头一看，还不如一场梦清晰。”

我好奇地问：“那你又是如何幡然醒悟、浪子回头的呢？难道有高人点拨？”画师笑了：“我可不是戏剧中的人物。不过，那时看起来快活，心中的空虚与厌倦也时时折磨自己，总觉得命运多舛，流年不顺，干什么都不成，自卑、自弃得很。”他一边说，一边在画布上勾勒随波逐流的小帆板，“终于有一天，我真的不想活了……”

我分析道：“毕竟是搞艺术的，自尊、敏感，对生活要求理想化，虽然心中没有了目标，却仍然不愿像庸人那样无聊地活着——是吗？”他点点头：“所以，我决定投海自杀……”

六年前的春天，他背着久已不用的画夹独自来到海南，因为他想在自杀前，最后画一次人世。那天风和日丽，沙滩上游人如织，海面上冲浪的帆板像鸟儿一样飘飘荡荡……画着，画着，他流泪了，如此美好的世界，竟没有他的立锥之地！

“这时，我忽然发觉有人站在背后，回头看，是个小女孩，正饶有兴致地瞅我画画。”

——叔叔，那边还有一艘大货轮，为什么不画上呀？

——在哪儿？

——那边，好远……

——哦，是的，好朦胧，我还以为是小岛呢！我马上就画。

——叔叔，这些小船为什么漂得那么快呀？

——因为它们有帆，又很顺风。

——大货轮没有帆，为什么迎风也能跑得很快、很远呢？

——因为，它们动力大，有更远的目的地，无所谓顺不顺风……

“我是被自己点拨的。”画师最后对我说：“那个小女孩像天使一样站在我身后，圣洁的目光似乎能穿透我的灵魂。”

画师说：“我听着，很感动——每个人都是海洋里的一艘船，如果没有理想的内在巨大动力，什么风，都不会顺。”

有多少人是小帆板啊？又有多少人最终能成为轮船呢？我们为理想而寄希望于“顺风”，莫如将自己变为一艘动力巨大的轮船——它靠的不是“风”。

让我们误以为春天来了，好吗

即便在冬天里，理想也是一朵花。这朵花无论大小和颜色，都散发着春天的温暖。

1992年冬天,我的一位同学自杀未遂。这个消息传到学校，令大家震惊。其实大家并不太了解他，因为都是“复读生”，临时凑成一个班级，在那样灰暗的心境下，没有交往的兴致。当时，班主任神情凝重地站在讲台上，就此事对我们只说了一句话：“他还会来上学的，你们别管他任何事情，包括安慰。”

约一周后，这位同学默默地出现在教室里。大家表现得像往常一样，没有谁“关注”他。随着时间的流逝，关于自杀的事渐渐淡化了。

1994年，这位同学终于考上了大学，与他同校的还有我的同学阿肥。下面的故事是阿肥转述的——

自杀的同学被救的第三天，身体情况好转。当时的班主任去看望他，竟然笑眯眯地说："你可真有勇气啊——死都不怕，却怕活着，这很矛盾，令我费解……"

第六天，同学出院了，是班主任与他父母一起去接的。班主任对他父母说："让我单独和他散散步。我和他之间还不熟悉，也许会有新鲜的话题可聊。"就领着他走了。

他们来到郊区的一片厂房边，那里的墙角有一排空调机，整天运转。老远，班主任就指着空调机下面说："你看见什么了吗？"同学瞅了半晌，说："好像有一片黄布丁。"班主任哈哈笑了："我敢打赌，不走近，你一辈子都猜不出那是什么！"同学来了兴致，匆匆上前。哇！竟然是一朵小黄花！班主任说："是的，我每天上班骑车经过这里，都要瞅它一眼——这么寒冷的冬天，我开始也不敢承认，但，这的确是一朵黄花。"同学蹲下身，仔细打量花朵，久久无语。班主任说："空调机下面一直是热的，这朵花误以为春天来了，于是，它开放了。"

这位同学的泪水默默滑落。班主任拍拍他肩膀："小伙子，坚强些——一朵没有复杂思维的花儿，都能在寒冷的冬天看见自己的春天，何况人呢？"

故事听到这里，我的嗓子像被堵住一样，眼圈热热的。我想起雪莱的诗句："冬天来了，春天还会远吗。"但是，雪莱是清醒的，而花没有他那样的理性，它不想被动地等待，而是直接付诸行动。你能说，那个冬天不是那朵小黄花的春天吗？它招摇的身姿已经改变了那个冬天的意义，温暖了我同学的整个心灵。

所以，就“理想”这个词而言，如果要用一种季节来比喻它，我们只有选择“春天”。

面对压力，宁愿做碳

面对痛苦的时候，我们更应该看见理想，看见光明的未来。也许，我们这个『碳』，会产生质的飞跃。

记得一次上化学课，老师走上讲台，看见黑板上写着“韩信”等字，问：“今天没人值日？”同学们不敢出声。老师笑了：“韩信能忍胯下之辱，我这个当老师的，就不能代替值日生擦一回黑板？”说着，拿起板擦将黑板抹干净。同学们开心地笑了。

这位化学老师的良好品德，体现在许多小事中，是有口皆碑的。

那天，讲课内容是“碳”，他问：“谁能告诉我，碳是干什么的？”

有人说：“做烧火。”

大家哈哈笑。

老师说 :“倒也没错，但烧了太可惜，不如给它加温加压，到一定程度，碳会变成石墨，而石墨可以做铅笔芯、做坩埚，那样就更有价值了。”

这样的化学课显得很生动有趣，大家都认真听——

“可是……”老师接着说，“如果继续加高温高压，再到一定程度，你们说碳会变成什么？……钻石！哇，那样我们就发财了！”

有个同学马上问 :“需要多大压力？高压锅行不行？！”

教室内大哗，少男少女们神采飞扬，议论纷纷。老师笑着摆摆手:“安静！我告诉你们如何发财——碳变成钻石需要——像韩信钻胯那样大的压力！”

我们当然不相信，但都抬头傻傻地听 :“韩信钻胯前，是个要饭的；而从胯下出来不久，就成了中国古代著名将领……”

老师说 :“虽然这个类比未必恰当，但是，我要告诉大家，韩信所承受的压力，也许比碳变成钻石所承受的压力大一万倍！你们走上社会后，将会面临各种各样的压力，如果你们将来有心灰意懒的时候，就请回想一下我今天上的化学课……”

我一直记得这节化学课，也一直把自己看作社会中的一块“碳”，尤其在我面对压力的时候，我会看见理想，看见光明的未来。那时，我们应该感谢压力，它满怀善意。

关键时刻，放松一下

为了理想中的目标，紧张又能解决什么问题呢？不要太在乎，跟着『感觉』走。

初学打保龄球，我不时能碰个满分——有一次，我连续两球都击倒了10个木柱，致使旁边的陌生看客还以为我是“高手”。

可是，随着经验增加，我很少能碰上满分了，而新来学打球的朋友却不时能碰个满分，就像我当初一样“辉煌”，这使我很不解。于是我就观察他们——

他们很放松。新手完全把打球当做游戏，不在乎成败，嘻嘻哈哈地“玩”而已。只要他们稍微掌握一点“感觉”，偶尔就能把球扔在一条恰当的轨道上。他们更注意前方的10个木柱，而不在乎手上的球，正是这种心态，导致他们能碰上好运。

而我的精力是分散的：我不仅关注前方的 10 个木柱，还在意手上球的运作。当我的意识在这两点间徘徊时，差错就随时可能出现。

更显著的是，当第一球打倒 9 个木柱，只剩下最后 1 个时，人们的失败率往往最高。我发现，面对 10 个木柱时的心情，比面对 1 个木柱时的心情要放松得多——在保龄球场上，这是最常见的“关键时刻”。面对这 1 个木柱，投球手往往最紧张，精力最集中，但是，这通常导致他连续失败。

看出“道理”之后，我决定放松自己。无论面对 10 个球还是 1 个球，我都不认为它们很“关键”，而保持一颗平常心。看准木柱后，尽量平稳地把球扔出去——虽然不能次次得高分，却保持了总分与我的水平相当。特别是面对最后 1 个木柱时，这种心态减少了我的连续性失败。

我们在观看奥运会之类的竞赛时，常常会遇见名将在“关键时刻”落马，那个一败涂地的分数有时会令旁观者哀叹、愤怒。通过打保龄球的经验，我是能够理解这种现象的——他们太“在乎”所谓的“关键时刻”了。其实，只要把这个“关键时刻”调到前面去，我相信他们会发挥得很正常，甚至很优异；只因这“关键时刻”是“最后一刻”，而在他们的内心产生巨大波澜，导致肢体感觉和思维判断失衡，进而落得失败的下场。可惜的不是他们没有本事，而仅仅是因为内心波动导致这个结局。

如果将这个道理推广到我们的生活中，我想，即使面对人生最“关键”的时刻，我们也不妨轻松大度一点，为了避免那不必要的失败。在同样的情境中，能保持内心平静的人，最接近理想的成功。

你包里的东西太多

背负理想，不是沉重的事。真正拖累你的是什么？请翻查自己的『包裹』。

暑假里，儿子要求父亲带他去山里野营。父亲欣然应允。

第二天，父亲和儿子分别准备野营用品。父亲负责大件，儿子负责小物品。经过一天的忙碌，万事俱备，只欠出发。临行前，父亲约法三章：各自的东西各自背负、保管；在山里要统一行动；不准叫苦。

第三天一早，父亲与儿子来到长途车站。在汽车上颠簸至下午，到达山脚，又乘三轮车上山。一路旅途劳顿。宿营地在一座小山村附近，那儿有条河流。晚上，父亲在岸边吊起小锅煮面条，两人吃得肚子胀。儿子说：“没想到面条居然有这么好的味道！”父亲笑笑：“赶紧睡，明天上山，没有车子坐了。”

早上起来，阳光明媚，鸟雀啁啾，林子里的空气弥漫着诗意。儿子一边唱歌，一边收拾东西，他特意取出玩具枪挎在肩头，说：“说不定路上会碰到野鸡——啪啪啪！”

爬山是件苦差事。一小时后，儿子早没了锐气，“哼哧哼哧”地边走边歇。由于事前约法三章，他不好意思叫苦。父亲也很累，因为他背负的东西比儿子多，且重。

中午时分，他们翻过了两座山头。在一个荒无人烟的地方，父亲放下行李说：“该吃午饭了。”儿子掏出面包、巧克力和饮料，但没有什么食欲。他边吃边说：“爸，我带的东西太多，想扔掉一些。”父亲说：“我不管，你看着办吧。”儿子检查一下包裹，将几种玩具掏出来，很无奈地扔在岩石下。吃饱喝足，又躺了一会，两人继续前进。

上午似乎透支了体力，下午的路越发难走。一会儿上坡，一会儿下坎，父子俩气喘吁吁，话都懒得说。儿子的背包耷拉在肩上，像一块大石头压着，小脸蛋憋得通红。途中，他又悄悄扔掉几本画册和一副太阳镜。父亲似乎也支撑不住了，他将两只碗、一个锅盖扔掉了。儿子发现：这次旅行最大的愿望是喝水，至于吃什么，并不重要，而玩的欲望基本上没有了。

下午三点左右，父子俩终于看到那座高峰，攀登它，是这次野营的最终目标。但是，实在太累了。儿子已不想继续下去，可父亲很坚决，拿出约法三章说：“你不去，可以一个人先回家，而我，一定要说到做到的！”没办法，儿子再次检查背包，将原先视为宝贝的东西又扔掉一批，连最喜欢吃的巧克力都不要了。现在，他只剩下一瓶水和两袋方便面。父亲同样将大包里的东西过滤一遍，将电动剃须刀、折扇、药瓶等等全扔了。

开始攀登。一路无话。衣服早已被汗水浸透数遍。渴,渴。儿子的最后一瓶水很快就喝光了，他求助于父亲，父亲从包里拿出一瓶水说："只能喝三口。"儿子"咕嘟咕嘟"猛喝一气，非常满足。父亲问："好喝吗？"儿子说："当然。"父亲笑道："是从山下河里灌的，晚上还靠它煮面条呢！"

到达山顶时，已是夕阳西下时分。父子俩松了口气，将帐篷支起来。儿子什么也不想干，倒在睡袋上休息。父亲忙活着做晚饭。

吃河水煮的面条时，父亲问儿子："你的背包里还有些什么东西？"儿子说："只剩半袋方便面了。"父亲拖出自己的大背包给儿子看："我这里还有两瓶水，两块面包，明天下山时用，不准乱动。"儿子说："这次我们扔了好多东西。"父亲说："扔掉的，都是没用的，不足惜。"儿子说："下次我有经验了，不该带的东西一个也不带。"

看着刚出发时鼓鼓的背包，父亲说："是的，真正重要的东西只有两样，水和食物，那是生活必需品。在这里，连钱都成了累赘，没用处啦！"儿子点头。父亲又说："人这一生，要想登上某座高峰，该扔掉的东西实在太多……”

是的，就“生活必需品”而言，其实人们需要得很少。但这个世界提供我们的“必需品”很多很多，花花绿绿的广告浸染了我们的思维，让我们以为自己还缺少它们。事实上，科技的发展，物质的丰富，有可能误导人们，偏离自身理想的轨道，活得并不轻松，而是累。

为了美化当初的失败

理想者不怕失败。当失败成为理想的装饰品的时候，我们可以——昂昂独负青云志，下看金玉不如泥。

一位画家接受专访——

记者：你自小就立志做画家吗？

画家：不是。当时我们小朋友在一起喜欢用漫画挖苦讽刺对方，而我画得不好，于是就常练习画画。

记者：你胜了吗？

画家：不记得，但是我渐渐喜欢画画了。

记者：你父亲支持你吗？

画家：哪里！他揍我，因为我考试总不行。

记者：那你如何坚持画画？

画家：偷画呗，这样乐趣更大。

记者：对，你在一篇文章中说过被父亲羞辱一事，可你没有放弃，你性格很倔强吗？

画家：当时父亲也是一片苦心，但我不理解，我恨他，我也很想证明给他看，我能画得漂亮。

记者：就是说，你不仅是因为倔强而盲目反抗，而是为了证明自己？

画家：是啊，因为父亲多次把我画得很难看的东西抖出来，给别人看。我想，如果我将来画得好了，他就不会拿那些东西责骂我了。

记者：如果失败了呢？

画家：如果失败了，那么我以前的作品会成为我的心理负担。

记者：可不可以这样表达，你是为了美化当初的失败，而努力画画？

画家：对呀，但最根本的，还是我喜欢画。

记者：我在读你的文章中，多次见你谈到青少年时代的失败，我觉得，你是把失败看作成功者的首饰了。

画家：哈哈，说得真好。我想，失败是失败者的耻辱，但失败却是成功者的首饰。也许我狂妄了点。

当理想目标达成的时候，回首过去的一切，无论好坏，似乎都是成功的组成部分，它们变得有意义，有价值，生命也因此得以升华。

记得『老巴会』吗

人类的心灵，正是凭着理想而得到宽慰，直到生命尽头。

十八年前，太行山下的一座小县城里，有两个士兵成立了一所“巴尔扎克研究会”，简称“老巴会”。

那时小笪在师部宣传科干报道员，我在文艺队当文书，对写作的共同爱好使我们走到一起来了。小笪没事便下连队“跑新闻”，我有事没事也不跑，大多呆在自己寝室看小说。我很羡慕小笪的活力，认为他有生活底子，将来必获文曲星佑护；而小笪则嫉妒我把军营当做图书馆，神游于古今中外、大小文豪的作品中。

一个周末晚上，小笪来我这聊天，谈起巴尔扎克。小笪认为老巴的故事情节常常有过分“典型化”倾向，以至于小说味太浓，甚至像戏剧。我则不以为然，只讨厌老巴喜欢大发枯燥议论，以至情节发展迟缓。但我们最终还是获得一个共识：老巴的作品通体是很痛快的，明白人说明白话，爱憎分明，毫不含糊。老巴的思想是老哲人的，情绪则是个小伙子，因此，他对社会、人生的攻击，既有“战略”又有“战术”。

谈得很投机，我们便翻过部队院墙，买回啤酒、火腿肠继续谈。小笪打着酒嗝说：“我们成立一个巴尔扎克研究会吧！”我表示赞成。当夜我们商定研究会“宗旨”：通过研究巴尔扎克，弄清小说的写作方法，进而深入地了解文学的内涵，提高自己的写作水平和鉴赏能力。当时还打算搞一份“内部刊物”，但委实太麻烦，便决定每人每周写一篇评论性文章互相交流。

第二天，我和小笪去师部图书馆，将巴尔扎克作品悉数借出，但也不过二十来册，离《人间喜剧》总目相差甚远。于是，我们又去石家庄，不敢进大书店，只沿小巷乱窜，寻觅旧书摊。如此数次，居然又凑得十册。这样，我们便小有研究资本了。

在这么一股劲头的鼓动下，那年我和小笪确实读了不少巴尔扎克，也写了许多“评论”。常常在周末之夜，就自己的观点慷慨陈词，激烈争论。渐渐地，巴尔扎克和周末之夜成了我们的精神家园，成了一个瑰梦的托儿所。在“研究”过程中，我觉得自己的视野开阔了，思维也更活跃，对读书、写作、当作家充满必胜的信心。

不足一年，三十来册巴尔扎克全部读毕，那时也正好面临退伍。“研究”就此停止，我和小笪分头去处理有关退伍事宜。十八年后的今夜，我偶然从旧箱底翻到了“评论”文稿。阅读时，被当年的幼稚激情所打动，眼泪居然没能憋住。退伍后为工作安置，我和小笪都跑得焦头烂额，后又为恋爱、婚姻伤透脑筋。现实中的杂事多如牛毛，小笪早已不复与纸笔为伍，我也失落了当年的作家梦。不知舒城县南港镇的那个笪海陵是否还记得“老巴会”？兄弟啊，马上我要给你打电话，让我们为青春时代的理想和激情痛哭一回吧——你想想,从那时到现在，十八年过去啦!

理想一旦丢失，生活就不完满了。十八年后再见当年未实现的理想，内心的苦涩谁来抚慰?

逆境里，怀揣小理想

逆境在理想面前算什么呢？算一座山？那些攀登珠穆朗玛峰的人，告诉我们为什么要去拼命翻越——因为，山在那里。

那年春天，我在报纸上看到一则新闻，说一位女出租车司机勇斗劫匪，头部多处受伤；紧接着，电视记者两次采访她，我又在屏幕上看见她头裹白纱布的形象。只是，我不知道她就是 21 年前的英子。

英子是我儿时的邻居兼同学。她当时是个柔弱自卑的女孩，原因可能是她脸上的大面积烫伤疤。我记得每次下课时，别人都在外面玩耍，惟有她呆在座位上看书，而学习成绩还是班里最差者之一。放学回家路上，我们几个同伴说说笑笑、打打闹闹，英子跟在后面，似乎有意保持一定距离。如果有一天我们欺负她，她决不会反抗的，只是哭，然后回家告诉妈妈。

总之，在童年的伙伴中，英子是个若有若无的人。所以，我家搬到城里后，英子很快就飘落在我记忆最偏僻的角落了。

不久前，一位儿时的伙伴来看望我，谈起电视上的英子。我大吃一惊！ 21 年的时空，改变了英子的“本性”？我不知道这其间的差距是如何弥合的。儿时的伙伴说：英子是个苦命的女子。由于学习成绩不好，初中毕业就回家了。父母在一家小厂给她找了工作，她默默地干了六年。后来经人撮合，她嫁给一个小贩，自此，她的人生开始真正进入逆境——婚后第二年，丈夫的一些恶劣品行暴露无遗，其中最明显的是好酒、好赌。那时，英子生了个儿子，难以管教丈夫。丈夫常常整天不回家，也不做生意，不知道他究竟在干啥。1999 年的一天夜里，英子正熟睡，忽然来了几名警察，将她丈夫铐走了。两个月后，丈夫因盗窃罪被判刑，进了监狱。当她从惊恐中恢复后，心里竟然觉得有些轻松。

以后的三年时间，英子先后品尝了下岗、做生意赔本等等苦楚，但这些都没有打倒她。她的内心，一直揣着个小小的理想……2002 年，她考了驾驶执照后，就去帮别人开出租车至今。

后来，我重新调阅了英子斗歹徒的新闻资料，有几点细节令我感动——一，两个歹徒供称：我们太小瞧了那个女司机，通常她们是容易吓唬的。二，英子说：我怕什么？我每天坚持练举重，铁棍常备在驾驶室。三，在医院仅仅住了两天，英子就迫不及待地回家去照顾儿子了。

现在，我唯一的解释就是：逆境改变了英子的性格。我不赞美逆境，因为它直接给人的产品是痛苦，但如果一个人没有被逆境打倒，怀抱着理想，那么，逆境还可能会给人一个副产品——坚强。

生即幸运，活即机遇

生活是一面镜子，你对它哭，它就对你哭；你对它笑，它就对你笑……有理想的人，会对着镜子哭吗？

一个青年失去了信心。对生活感到愤怒，理想从未实现，机遇也不曾光顾他，这个环境已令他深深地厌倦。他决定出国，去彼岸的乐土实现光荣与梦想。

但他没有足够的金钱，也得不到任何人支持，唯一的办法就是——偷渡。为此，他用了一个月时间，找到一名蛇头，以自己全部积蓄换得船舱里的一个座位。临行前一小时，他给父母留了张纸条：我不是缺少成功，而是缺少机遇。我走了。

五天后，偷渡船在狂风巨浪中沉没。但这个青年很幸运，他抓住两个救生圈，在昏天黑地中苦苦挣扎不知多长时间。风平浪静后，他发现大洋中只有他一个人，以及远方的一座小岛。

当他爬上小岛时，已精疲力竭。躲到岩石缝中整整睡了一天，才醒来。那时他发现：他赤身裸体，两只救生圈是他仅有的财产。绝望与恐惧深深地笼罩着他。他整整哭了一天，才稍稍振作，开始四处寻找食物。

幸好他读过《鲁宾逊漂流记》，记忆中的某些细节指引着他求生的方向。他用枯树干在岩石缝筑了个小窝，干草、树叶做床垫、被褥。夏天的小岛上不乏野果、野菜，加上海滩提供的鱼、虾和藻类，一日三餐基本有保障。当然，他学会了钻木取火。

开始的一个月是在病痛中度过的，但这似乎只是个适应期。第二个月，他渐渐接受了小岛，小岛也认可了他。他的生活渐渐有了规律，除觅食的时间外，他的全部工作就是坐在小岛之巅极目四顾，寻找船只的影子。

一次又一次的等待，一次又一次的失望。这儿似乎是一条偏僻而危险的航道，只有偷渡船才可能经过。日出日落间，他发现自己从来没有如此热爱他曾经生活过的世界，以及那个世界里的亲人和陌生人。深刻的孤独和寂寞中，他学会了思考。

秋天来了，成熟的果子“扑、扑”地跌下地，小岛一片丰收气氛，但这个青年却感到恐慌。他像松鼠一样四处收集粮食，贮存到树洞、岩石缝，或用沙子掩埋。总之，他想尽一切办法为萧杀的冬季做准备。他还幸运地在沙滩上拾到一条比猪还大的死鱼，他用石刀、石斧将鱼分割成条，晒成干。

就这样，他捱到了春天。

他曾经痛恨过的机遇终于来了——一天早晨，他在梦中听见人说话的声音！他像狼一样狂嗥一声，像豹子一样蹿出窝棚，像山鸡一样转动头颅——是的，沙滩上站着一队人马。那队人马也看见岩石上的他——像一头瘦骨嶙峋的猿！

一周后，他随同胞们——一支科学考察队，回到祖国，回到故乡，回到亲人身边……

获得新生的青年从此不再愤怒，不再抱怨，不再绝望，他告诉人们：比起在荒岛上等待一只救命船，这个社会简直到处都是机遇；相对于争夺一个卵子的那数亿精子而言，人刚诞生就昭示着无与伦比的幸运。

现实即便保持沉默，也会在沉默中暗流涌动。我们与其抱怨现实，不如借助其暗流的力量，保持前进的速度，寻找自身理想的落脚点。

这才是上上签

理想没有实现的时候，无须怨怪上天，求神仙只会带来苦闷，不如求自己——从最基本的开始。

一个青年去庙里求签。他很虔诚地敬香，跪拜佛像，然后拿签。当时，一位老和尚站在一旁，看着庙门外的树和鸟雀，很宁静的样子。

忽然，青年欢喜地大叫一声："谢谢佛祖！谢谢佛祖！"

老和尚的宁静被他打扰了，偏头看，只见青年再次虔诚地跪拜在佛祖前，连磕了几个响头。青年起身，接触了老和尚的目光，禁不住上前："法师，麻烦您给我细解一下这个签，行吗？"

老和尚笑笑，拿过签，凝神看，点点头，将签还给青年。青年喜悦地说："我知道，这是上上签呀！它具体是怎样指引我去争得成功呢？”

老和尚低下头，似乎在看地。良久，老和尚说：“世人都在追求成功啊，你现在是做什么的？”

青年羞赧地揉揉鼻子，说:“一直没有定所，东奔西跑的。”

老和尚又问：“那么，你追求什么样的成功呢？”

青年一下来劲了：“我想经商呀，白手起家，像李嘉诚、比尔·盖茨那样，做一番大事业。”

老和尚问：“如果不成呢？”

青年说：“我曾经想参与保险业，像美国著名的某某一样，从保险推销员干起，逐步做到总裁……”

老和尚笑了:“你很有志向呀，不过，这个也不成怎么办？”

青年想了想：“说实话，我最初想当作家的，写一两本书，畅销全世界，争取诺贝尔文学奖。”

老和尚点点头，看看青年的手，问：“刚才，你说自己没有定所，东奔西跑，是什么意思？”

青年说：“因为我这几年失业几次，不得不常常在外奔波，寻找一份工作糊口呗。”

老和尚问：“能糊口了吗？”

青年惭愧地揉揉鼻子：“唉……不过，我不时能得到家人和朋友的接济。”

老和尚宽容地笑了：“我无意反对世人追求成功的欲望，也理解你追求成功的心情，但是，生存先于成功，大于成功——佛祖根本就不是为了帮助人追求世俗成功的，更不会帮助一个连基本生存都没有解决的人去凭空追求成功。”

青年显然很震惊，问：“那么，这个上上签究竟是什么意思呢？”

老和尚笑答：“依我看，它是说你的生活就要安定了。相对你目前的情形而言，它的确是上上签。”

生命里有“上上签”吗？如果有，那必是一个切合实际的目标、理想。它们既是一个美好的起点，也是一个美好的终点。

人生这部小说初稿

被理想纠缠的痛苦，有时是一种深刻的幸福。局外人所头疼的辛劳，局内人却愿意为它付出一切。

小说家的身体不大好，但是他并不在意。为了心中的梦想，他远离“文学圈子”，开始长达六年的采访生涯。从这片乡村到那座城市，从大学校园到政府机关，从引车卖浆者到富商官员……没有他不感兴趣的人与事。

当同行们热衷于现实的名利之争时，他又独自来到一座小矿山，租了间简陋的屋子，进行他的小说创作。这个远离家庭的偏僻地方，非常寂寞，他在后来的回忆文章中说——有一段时间，他身边唯一的伙伴是只老鼠，为了留住这位伙伴，他得每天在屋角放些碎馒头，以示友好。

有一天，他因为感冒，身体竟然撑不住了，眼看就要垮掉。

但是，这里没有一个亲人，甚至看不见一个陌生人。熬吧！他躺在床上，像等死一样。数天后，终于缓过来，他才意识到事情的严重性。他决定，每天应锻炼身体——爬屋后边的那座小山。

写啊、抄啊、改啊……等到他终于完成这部百万字小说的那一刻，他觉得头晕目眩。但是，心中的狂喜盖住了头顶的阴云。

这个叫路遥的人，在其生命的颠峰之作《平凡的世界》完成后没几年，即因肝脏问题与世长辞。当时，我还在部队工作，通过报刊了解到一些细碎情况，满怀悲痛。虽然那时我还无缘见得这部煌煌巨著，但心中早已景仰不已。好多的悼念文章为路遥而作，好多的人为他四十几年的生命叫屈——太短暂了。

其实，许多长寿者相对于路遥这样英年早逝的人而言，并不足以自豪，就像小说一样，真正重要的，不是“长度”，而是“精彩度”。人生永远是一部粗糙的小说初稿，对于路遥来说，即使不修改，也足以令人赞叹；而对于另外的大多数人而言，想修改，也不可能了……

第三辑

理想周边，多有暗角

路上永远存在坑。如果理想是天上的星星，它能照见坑吗？

背道而驰逐善良

理想，应该是善的，如果它是恶的帮凶，就从内核自我破坏了。它会倒塌在恶的怀抱。

在一个寻常的日子，一个香客寥寥的凌晨，寺里来了一位衣着庄重、态度和善的中年男子。他找到老和尚，诚恳地说：“法师，我能否给寺里捐100万元人民币？”

老和尚正在拂拭烛台，听了这句话，合掌道：“施主，你心中有什么事吗？”

男子脸上微微掠过一丝不快，他顿了顿，恢复平和神态，道：“这个，您就不用管了吧？”老和尚说：“施主不要介意，我只是不希望你浪费金钱——请告诉我，你的钱是准备捐献给谁呢？”男子听了这句话，很意外：“这不是明摆着吗？”老和尚笑了：“具体地说，是捐给我本人，还是捐给整个寺院，还是……献给菩萨？”

男子的神情黯淡了，眉头微皱：“法师，你在开玩笑吗？”老和尚说：“常人做事，必有目的，你的目的何在呢？”男子终于生气了：“看来你不愿意接受，算了，寺院多着呢！”说完，转身就走。

老和尚对着他的背影合掌，没有挽留，继续拂拭烛台。

大约一刻钟后，那个男子又回来了，态度恢复了和善。

老和尚合掌道：“施主还有事吗？”男子有点惭愧地说：“请法师原谅我刚才的冒失。是这样的，我的确真心想捐助寺院 100 万元。你要问目的，就算是建设寺院吧。”老和尚说：“寺院的建筑目前状况良好，如果想让这 100 万元尽快发挥作用的话，不如捐献给失学儿童。”男子一听，很高兴：“不瞒法师，我捐助过 88 个失学儿童，现在，我只想献给寺院。”

老和尚说：“如果我们接受了捐款，你会有什么感受呢？”男子说：“实现理想，我会觉得宽慰。”老和尚说：“好了，我能不能认为你是在用钱买理想，买宽慰呢？”

男子犹豫片刻，点点头。老和尚合掌道：“施主，请别介意我直言——通常来这里捐钱的人，都是直接把很少的钱塞进功德箱里，他们大多不是为了买宽慰，因为钱很少。而你，是用 100 元万来买宽慰，是不是因为心中的罪恶感很强呢？”

男子有些惊慌，也有些恼怒，无言以对。

老和尚诚恳地说：“施主，按理说，你是在做善事，可是，善事不等于善心，如果想以一两件善事抵消罪恶，那么，这个善就不是真善，而是恶的帮凶。所以，你捐献 100 万元后，罪恶不但难以减轻，甚至可能加重……”

男子更加惊愕，老和尚随手拿起一份报纸，说：“这里有个故事——一家幼儿园，每天都有七八位家长接孩子迟到，给管理带来不便。于是，幼儿园出台一个措施，迟到者罚款三元。结果呢，每天迟到的家长增加了三倍。因为家长交了罚款后，就不再因为迟到而惭愧了……”

男子掏出手绢，擦汗。老和尚继续说：“有些人来寺院捐钱，是用善举而非善心来欺骗菩萨。这些人，是貌似善良的恶人，或者说，是变善为恶的彻底的恶人……”

男子终于支撑不住了，转身就逃。

老和尚对着他的背影，合掌。

——对于心中的意念，我们考虑过其善恶吗？它究竟是属于“理想”的光明范畴，还是局限在“欲想”的较低层次？如果内心的“理想”不能使我们高大、美好，反而使我们低劣、丑陋，我们值得为它付出吗？他人又会理解、支持吗？

驯兽师脸边的蚊子

老人说，山不会绊倒人，倒是石子儿在路上，对于人比山还危险。

驯兽师结婚那天，妻子要求他辞职，离开马戏团，另谋一份工作。

驯兽师很奇怪："这不是干得好好的，收入也高啊？"

妻子吞吞吐吐地说："整天与狮子、老虎、大象打交道，说不定哪天被它们……"

驯兽师笑了，温存地搂住妻子。

以后的岁月理，驯兽师依然忠于本职工作，因为在他眼中，狮子、老虎、大象不过是些工作伙伴，并无危险。每次演出，他看见观众们惊恐的目光、听见女士与孩子们的尖叫，心中的自豪便油然而生。他还多次接受记者采访，回答类似的疑问：

“伸头进狮虎之口，就没担心过意外？大象的脚，就从没踩过你？”驯兽师坦然相告：“那样的几率，还比不上飞机失事呢！”

的确，对于一名驯兽师而言，那些看似凶猛的庞然大物，都充满了人性。面对它们，其实比面对某些人还要安全。他曾这样安慰妻子：“过马路时，我总是很警惕，因为我不确定哪一辆车会失控；而与野兽们相处，我甚至不必细看，只要听听它们的呼吸，就能判断它们的状态……”

有一年初夏，驯兽师正在进行日常训练，狮子、老虎、大象们都很听话，按他的口令、手势作业，一切按部就班。这时，像往常这个季节一样，有蚊子在耳际“嘤嘤”叫。驯兽师挥手赶了几次，总有一只蚊子不愿离开。后来，蚊子终于钻了个空，在驯兽师面颊叮一口。奇痒无比，驯兽师伸手一拍，打死蚊子，一看巴掌，好多血！就在那一瞬，驯兽师敏感地察觉对面的老虎神态有异，忽然想到：此虎多时未曾进食，或许血腥味引起它内心的骚动？！驯兽师心头一紧，闪身蹿出铁笼，反手锁上门；再抬眼看，那头老虎竟然追到笼门边！一个成语来得贴切——虎视眈眈！

回家后，驯兽师得意地对妻子谈起这次险遇，妻子听得胆战心惊。

本以为事情就这么过去了，可第二天下午，驯兽师感觉身体不适，开始拉肚子。吃了几片药，不见好，上吐下泻的，一查，竟然是严重的疟疾。病情迅速恶化，驯兽师躺在家中，什么也干不了，天昏地暗，半死不活。将近一个月，身体才渐趋好转。而引起这一切的原因，唯有那只——蚊子。

后来，又有记者问驯兽师类似的问题，他略带调侃的回答："我站在大象脚边，将头伸入狮子的血盆大口，心中最害怕的，却是附近那只小蚊子……"

"大"与"小"的转化关系就是这样。能干扰我们实现理想的事物，也许不会很大，但影响未必很小。

画室中间的镜子

你有你的理想，你不是为了迎合别人。奔跑的时候，你无法顾及太多。

画家的儿子放学归来，说了件很疑惑的事情：“爸爸，为什么语文老师喜欢我，而数学老师那么讨厌我？”

画家回过头，惊讶地问：“竟然有不喜欢学生的老师吗？”儿子气冲冲地说：“就是呀！因为我上次考了 76 分，数学老师一直到现在还说我傻。”画家愣了片刻，问：“你们什么时候换数学老师了？”儿子不满地回答：“爸爸，你太不关心我，我们这个学期一开始就换了数学老师。”画家释然：“呵呵，我知道了，这个老师不了解你，而且……”

画家拿来一面大镜子，放在画室中间，继续说：“……而且，你们新老师就像这面镜子。”儿子看见父亲用毛刷在镜子左右两侧分别涂上红色和蓝色。“他的心中大致有两块颜色。”画家说。“儿子，站过来。”儿子就站到镜子前，画家把他拉到右侧，说：“看看你在数学老师心目中的形象。”儿子“扑哧”一声，乐了。镜子里蓝糊糊的一个人影。画家说：“如果你一开始考了 96 分的话……”他将儿子拉到左侧：“就是这样。”儿子又乐了，因为镜子里的他变得红彤彤的。

画家说：“儿子，我看这事也没啥，与其说是你傻，不如说你们数学老师的心不明，就像这面涂了两种颜色的镜子——也就是说，他对你根本就不了解，比如说，他肯定不知道语文老师喜欢你。”儿子拾起了一点信心，说：“就是嘛，都像语文老师就好了。”

画家笑了：“难道语文老师喜欢你就一定正确吗？比如说，他可能就不知道数学老师认为你是傻子。”儿子愕然。画家说：“人心都像这面镜子呀，不过，心中的‘色彩’比镜子要多得多，你恰巧碰到别人心中的‘红色块’上，得到他的喜欢，这没什么，就像你碰到‘蓝色块’上一样，也没什么大不了。”

儿子说：“爸，我明白了，以后我要争取碰上别人心中的‘红色块’。”画家一听，气愤地用毛刷在镜子上打个叉：“怪不得数学老师说你是傻子——你活着究竟是为了讨好、迎合别人，还是走自己的路？！”

是的，我们不能不关注别人的看法，但如果被别人的看法牵制，直到影响自己的步伐与理想，那么，一个失去自我的人，又能如何拥有理想呢？

蚕豆丛里藏惊奇

因为熟视无睹，我们错过多少发现，多少惊奇？它们是否关乎理想？

前些天我与一帮年轻人结伴春游，骑车到达某山村，已是午饭时分，累得精疲力竭，早上出发时的激情荡然无存。

大家在路边饭铺用餐。过后，一个个懒洋洋的，赖在店里不走。掌柜的见了，过来问："你们是从城里下乡玩耍的吧？"大家哼哼哈哈地点头。掌柜说："这是一年四季最美的时候，怎么不出去转转呢？"我们叽叽咕咕地说："歇会儿，养养精神。"但心里却怀疑掌柜想撵我们开路，好继续招待食客。

我们的一位女伴问："老板，这儿有哪些好玩的地方？"掌柜一边抹桌子一边说："山村野岭的，说不上大去处，就是个自然风景吧！出去转转，瞅瞅，就很不错。趁这大晴天，爬爬山如何？”我有些不快，干脆将话挑明：“嗨，老板，我们再坐 10 分钟，就回城，不会耽误您的……”

掌柜一愣，心里揣摩片刻，笑道：“好，好，我不是催你们走。但是，既然来了，为何不好好玩一玩？”我有点愧意：“说实话，刚来时的那股劲头没了，也看不到什么稀奇。”掌柜拎着抹布站在我面前，点燃一支香烟：“兄弟，你这话就不对。你没出去细瞅，当然看不到稀奇。嗯……我问你们——这里有一种植物，它的主干儿是长方体的，见过么？”

大家一起笑了：“什么呀！哪儿有植物主干是长方体的？应该是圆柱体的……除非用刀削出来……”掌柜笑眯眯地左右瞅我们。等我们说完，他才扬起香烟：“谁跟我打赌？5 元钱。”我挺感兴趣，但心中不信这个“邪”，掏出 5 元钱拍在桌子上：“赌就赌。”

掌柜一把拉住我的手：“好兄弟，上我小店后院看看。”大家一起跟上我们，拥进后院。原来是一片菜地，掌柜还卖关子：“谁看见了？”我环顾四周，哈哈笑道：“喂！谁看见了？！”大家唧唧喳喳地，没谁信。

掌柜忽然蹲下身子，拔起一棵蚕豆秧，递到我们面前：“看，看仔细喽。”

我的天！这么普通的植物，平时咋就没在意呢？蚕豆干儿果然是长方体的，四条棱很分明。

那天下午，我们在山村玩得相当尽兴，因为饭铺掌柜用极其简洁的方式改动了一下罗丹的名言：大自然不是缺少惊奇，而是缺少发现。可惜，我输的那 5 元钱，掌柜的没要。

谢谢掌柜的。因为，如果理想是一种美，那么，我们会不会有审美疲劳？从而倦怠于更新知识，增长动力？在生命的“春游路线”上，如果“缺少”了美和追寻理想的步子，会不会缓慢、呆滞？

为冰淇淋插花

日常工作会消磨理想，这样的悲哀，会不会出现在我们身上？

一次在咖啡馆，侍应生给我们上了几碟冰淇淋，名字很花哨，忘记了，但对冰淇淋上的饰物记忆却很深——一个巧克力小黑人，靠在小花伞下，左边是樱桃，右边是桔瓣，组合得恰到好处，那种悠闲富足的气氛令人浮想联翩，简直是对人生的一种艺术构思。另一碟冰淇淋也很有特色，一个各色果肉组成的女郎，身姿丰满，肩扛小花伞，亭亭玉立在冰淇淋上，一点倾斜，似乎有徐风吹拂，令人怀想远方的海洋。

我们舍不得立即吃冰淇淋，而是对它品头论足，赞叹厨师的手艺。我们怀疑，这位厨师必定有良好的修养，对世界、人生充满激情。因为，任何一项事情一旦成为你的日常工作，也就可能成为你的冤家，而这位厨师却在工作中显示出优秀的创意。为此，那碟冰淇淋我吃出了不同往常的韵味。

即将离开咖啡馆的时候，遇见了老板，他认识我们。我要求见识一下冰淇淋的制作过程，他很爽快地叫来一名领班带我去。

到了操作间，我远远地看见一个小伙子，正低头工作。刚走到他身后，忽听他骂了一声，一甩手，一盒牙签“啪”地摔在地上。我很惊讶，因为他手边正是一碟冰淇淋，上面还有没完成的果肉组合。他不知道我是来参观的，还在那里发火：“下次别买这种竹牙签了！不好用！我这手都戳了好几个血眼。”

一个人眼中的美好艺术，在另一个人眼中，却是生活的负累。我顿时失去参观的兴趣，悄悄转身……

想起那次爬华山，在狭窄险恶的山顶小道遇见一位挑夫，只见他低着头轻声哼号子，每一步都迈得那么沉重。附近游人如织，而他眼中哪里有风景？甚至疲得连身侧的万丈深渊都不在意了。

那时我忽然觉得：人世大抵是这样组成的——你用自己的辛苦，为别人制造“风景”；而别人给你带来的“艺术享受”，也是基于类似的操劳——我们就是这样互为补充，相濡以沫。我们都是为别人的冰淇淋插花的人。

但我们不要因日常工作、学习的重复性而失去审美能力。保持激情，对工作和学习进行审美，因为它们是奠定理想之美的基础。

他们在监视谁

你对自己的评价也许是对的，但是，你周围所有的人，对你的评价或许更『正确』。因为要实现社会理想，难以单打独斗，你需要周边人的认可。

一

维基百科是互联网上的一个热门站点，它就像一部电子辞典，介绍各种门类的知识，从大到小，从古到今，几乎无所不包。你也许并不在乎它，可是，IBM 公司在乎它——这么大的一个跨国公司，专门派人跟踪维基百科，为的只是监视一个词条：IBM。

为什么？

因为 IBM 需要了解自己。因为 IBM 认为：未来的年轻人将更多地通过维基百科了解 IBM——而不是通过 IBM 来了解

IBM。而维基百科并不是一本固定的书，它能够随着事物的发展变化，而不断地修改词条，更新内容，“IBM”在维基百科中也不是一成不变的，所以，IBM需要人跟踪、监视，为的是掌握自己在这个世界眼中的“形象”。

难道IBM不比维基百科更了解自己吗？显然不是，IBM只是关心自己在世人眼中的形象而已，而这个形象并不完全取决于自己——就好比你认为自己是个好人，但别人未必如此认为——世人对IBM的评价，于IBM来说，才是真正有价值的评价。

不要认为这样很“累”，也不要把但丁的名言“走自己的路，让别人说去吧”当成唯一的信条——这个世界已不是“水浒”的武力世界，你不能单打独斗去成就什么，你需要别人的认可，你越是想做一番大事业，就越是需要与他人合作，而你的形象，就是最有效的“广告”，这个“广告”能深刻影响你的命运。

所以，你得参考一下IBM的做法——它们有足够的钱为自己做最绚丽的广告，可是，它们并不因此自信，而是关注一部电子辞典里的词条，以此为未来做准备。

——你对自己的评价也许是对的，但是，你的伙伴，你周围所有的人，对你的评价或许更“正确”。而他们未必都是通过你本人了解了你，他们身边或许也有好多“维基百科”，正是这些“维基百科”，塑造着你在他人眼中的形象呢！

二

一位研究心理学的朋友，告诉我这么个故事——

我刚上大学的时候，有一次和同学们上附近的山玩耍，同行者 9 人，其中一名是女同学 A。当时我并不了解她，只觉得她长得挺漂亮，性格也活泼大方。

爬山的时候，A 体力跟不上，渐渐有些落后，大家就不时停下来等她。到了半山腰，A 要求一名男同学帮她背挎包，那只挎包其实挺小也挺轻，让我感觉她是个娇气的女孩。

后来，我被选拔为班干。一次组织拔河比赛，有男女混合队，女生推荐名单中有 A，我看了，说:“她不行，太娇气了。”旁边的一个女同学奇怪地问：“谁说她娇气？那次植树活动，A 植的数量是我们女生中最多的，而且她身兼 3 个家教，为乡下的父母减轻了很大经济负担呢！”我一听，简直不敢相信，因为那次爬山给我留下的印象很深。

到了拔河比赛那天，我特意关注 A 的表现——果然，她非常卖力，脸憋得通红，手都淤血了。这下我彻底改变了对她的第一印象。

这还不是结局——第二学期，我又和同学们爬山。但这次有 6 个男同学，5 个女同学。到了山腰，也有一名女同学要求男同学帮她背挎包，这次我并没在意，觉得挺自然的。只是后来忽然想起 A，她要别人帮着背挎包，为什么我就认为她娇气呢？也许她是当时唯一的女性，比较惹眼？而这次女生多，就凸显不出“娇气”这事？后来我学习心理学，果然得到验证——是我自己心理在作怪。

听了这个小故事，我觉得怪有趣的，忽然又想起另外一个关于心理学的例子——你是聪明还是愚蠢？其实这很难说，因为你得有“参照物”。一个比你强的人，他可能会觉得你智力平平，而在一个比你弱的人眼中，你的智商或许令他钦佩。

三

生活中，我们自己对事物的判断，有时未必接近真相，尤其在一个特定的环境中，事情表现在你眼中，也许有一种“歪曲”的含义——别人未必是你所想象的那样，甚至你也未必是你自己想象的那样。如果我们的个人理想立足于现代社会，那么，让我们像 IBM 一样，注意监视自我，通过自己的眼睛，也要借助别人的眼睛。

惊心动魄的夜晚

看一个人独辟蹊径，去获取生存机会，我们还愿意随着潮流，去寻找富有个性的理想吗？

上世纪末，我的朋友李经历过一个惊心动魄的夜晚——

那天，城市大剧场有著名歌星来演出。半个月前，门票就售卖一空，原本 80 元的票价，在“黑市”上被炒到 800 元。简直疯了！朋友李说。但当时的他很高兴，因为通过“关系”，他免费得到一张票。

早早吃过晚饭，李直奔大剧场。门前的小广场万头攒动，李好不容易挤进去，直到坐上位子，才算松了口气。

开演后 5 分钟，大剧场内渐渐安静下来。舞台上灯光迷幻，歌声激扬，台下的近 3000 名观众黑压压一片，个个心怀期待，场面甚为感人。

就在第三个节目报幕那当儿，剧场内发出一声刺耳的响动，接着，头顶上撒下缕缕尘土。有人惊呼："地震了吗？！"又有人喊叫："屋顶要塌啦！"——轰！整个剧场秩序顿时混乱不堪，哭爹骂娘声此起彼伏，人们一起拥向 6 个安全门。但是，这 6 个门只有 4 个开着，3000 人简直成了热锅上的蚂蚁，根本不能顺利流动。

那时，朋友李也吓坏了，好在他坐在靠近舞台边缘的位子上，没有被挤到。人群中动弹不得。他前后左右地奔跑，到处寻找出去的机会，但是，人潮所向都是那 6 个门，他等于被甩在最尾。就在此刻，屋顶上的一枝吊灯"哗啦"一声砸下来，肯定伤人了——声声尖叫淹没整个剧场，人心惊恐，秩序更加混乱，似乎到了世界末日。

六神无主的李像呆子一样站在那里，不知如何是好。忽然，他感觉胳膊被人拉了一下，偏头一看，是个修理工模样的老头子："走这里！走这里！"只见老头子手指舞台一侧的配电室，不住地对他喊叫。李还不太相信，配电室怎么还有外出通道呢？但是，当他亲眼看着老头子钻进去之后，也就跟进去了——果然，那里的墙壁上有一个大洞，似乎为安装什么而开凿的，正好容一个人爬出去。李满心感激，对老头子说："谢谢您！我这就回去叫大家从这里逃命！"老头子一把抓住他："不行！只能一个一个叫，否则人一拥过来就堵塞了！你赶快跑吧……"

第二天，报纸上刊登了昨夜的新闻：由于极度恐慌、拥挤，致死 1 人，轻、重伤无数。至于事故原因，则是大剧场年久失修，屋顶一枝吊灯松动……但李没有看见对那位智慧的老者的报道。

多年后，朋友李对那天晚上发生的情景仍记忆犹新。他告诉我："我原来是个喜欢跟潮流的人，但那惊心动魄的一夜似乎是个寓言，叫我从此不再盲从……"

"潮流"常常不是正确的方向，要想摆脱困境或追求理想，获得成功，独辟蹊径有时却是最好的选择。

儿子是个陌生人

即便骗子，也有自己的『理想』。可过于欺骗的人生，最终会陷入『理想的欺骗』。

我所在的部队旁边有座看守所，驻扎在那里的武警战士小孙是我朋友，他讲过一个关于骗子的真实故事——

这个人 38 岁时身陷困境，急于摆脱，但又耐不住辛苦，于是开始行骗。最初他是针对亲戚朋友，且屡屡得手。“信心”十足的他很快将行骗范围扩大到一般的熟人，“成功率”仍然很高——仅四个月时间，有二十多人上当，给他带来的“收入”是七万元现金和价值四万元的实物。

基于这些“收获”，骗子感觉家乡呆不长了，否则会等来败露的那一天。于是，他在一个平常的日子里携款外逃。两个月后，他在北方的一座城市站稳脚跟，开了家小“公司”。他穿戴的是名牌服装，夹着名牌皮包，整天乱蹿，结识了一些生意场上的“朋友”。更幸运的是，他遇见了“意中人”，一个漂亮的女人，在一起同居了。此后，这个女人就成了他的“小蜜”，常常陪伴在他的社交场合。

不足一年，这个城市对于他充满了危险，他决定再次出逃。不同的是，这次他已经是百万富翁了，他决定去南方谋求更大的“发展”。出逃的前夜，那个“小蜜”竟然先他一步消失了，同时消失的还有存折上的四十万元现金。

1992 年至 1995 年，这个骗子的足迹遍布大江南北，上当受骗的人包括商人、公司负责人、政府官员等等。在被捕的时候，他已经拥有“个人资产”近三百万。

故事听到这里，我笑了，因为它缺少“新意”——骗子们大抵如此，而那些因为私欲而“甘愿”上当的人们，多数又不值得同情。但是，小孙接下去讲的故事却令我心惊——

有一天，骗子的母亲来探望他，是小孙去办手续的。当小孙告诉骗子他母亲来了时，骗子两眼闪烁不定，似乎不为所动。小孙连说了三次，骗子仍然不相信，唯一的反应就是坐在地上点头笑笑。小孙只好进去将他拉起来，带到接待室。

骗子见到母亲，一点羞愧，或悲伤，或快乐都没有，只是盯着母亲的脸瞅了片刻，然后神情坦然地坐下来，一句话没说。他的母亲开始也说不出话，默默流出两行泪。最终，还是母亲开口了……骗子紧紧盯着母亲，似乎要听出话语背后蕴涵的“深意”，其间仅仅用“嗯”、“唔”、“噢”作答。当母亲说到家乡的什么事情时，骗子忽然站起身，急促地摇头摆手：“不，不，不，妈，你不要再装佯了，套我的话干什么！”骗子的母亲一下愣在那里，两眼圆瞪，似乎面前的不是她儿子，而是一个陌生男人。

我将故事剪裁到这里结束。骗子的悲哀不仅在于他不受别人信任，更痛苦的是他也难以信任任何人——甚至包括自己的母亲。他阴暗的心灵笼罩了他的整个天空，他可能得永远生活在虚假和不安中。

如果我们有志向，有目标，就应诚实地对待自己，对待他人，奋斗方能安心，成功方能踏实。虚伪即便能带来一时之利，却难保毕生幸福。

最低标准＝最高标准

理想的设立，即便是一样的，因为心态的差别，会带来不一样的轻松或劳累。

给我们做拓展训练的老师是个很严肃的人，刚见面的时候，他不客气地说："看看你们，坐惯了办公室，都这么懒洋洋的，怎么训练？我看，要先戒除懒字，跑步去吧！"

大家听了，都不乐意。说实话，很多人把这次所谓的"拓展训练"，当做休闲散心了。但是，因为副总也在场，只好跟着去跑步。

老师把大家分成两组，我在第一组。来到湖岸，老师说："跑 1 公里太短了，我想用最高标准要求大家——必须在 20 分钟内，跑完 3 公里！"

大家闻讯，叫苦不迭，纷纷要求降低标准。老师反问："到底谁听谁的？”

只好跑。老师骑着自行车在路边监督，与我们这些甩脚扳子的“劳苦大众”形成鲜明对比。跑完 1 公里的时候，大家都汗津津的，老师还在一旁催促：“快！快！”跑完 2 公里的时候，有的人就想退出了，老师喝令他不准当逃兵，还威胁他：“若不听话，别怪我在评语中照实反映你的表现！”

远远地看见终点了，所有的人都已疲惫不堪，但在老师的督促下，还是坚持着向前奔去。到达的时候，在终点等待的工作人员立即给每个人发一张纸片，上面只有一道很简单的选择题：请评价你对这次长跑感受？（1）很劳累（2）比较劳累（3）不太劳累——有 70% 的人选择了（1）很劳累。

工作人员把我们集中在一个地方休息，等待第 2 组人马。同样，在他们到达终点的时候，每人也回答了这道选择题。然后老师把我们集中起来，开始做评析：“先给大家报两个数字：第一组认为很劳累的占 70%，而第二组认为很劳累的占 30%。”老师问：“可我在分组的时候，注意了两组的平衡，基本势均力敌，为什么反应大不相同呢？”

老师严肃地瞅着我们，片刻，又说：“因为我对第一组的‘最高要求’是必须在 20 分钟内跑完 3 公里；而我对第二组的要求是可以选择跑 5 公里，也可以选择跑 3 公里。结果他们都选了‘最低标准’。”

老师自以为得计，微笑了：“同样跑 3 公里，两组都没吃亏，只是我给的标准概念不一样——一个是‘最高标准’，一个是‘最低标准’——你们的反应竟然相差 40%！怨我吗？”

所有的人都哈哈笑了。这个当上得好！因为在这个社会上，所谓的“高标准”多了，比如“为什么什么而奋斗”“一定要实现什么什么”，叫人看着空洞寡淡，提不起兴趣；而实实在在的“最低标准”却少有人提，即使两个标准的实质是一样的，但带来的结果未必一样。

如果我们心中有理想，那么它属于“最高标准”呢，还是“最低标准”呢？是空洞的呢，还是实在的呢？是理想在远离我们呢，还是我们在接近理想呢？

聪明人擅长做笨事

小聪明不是智慧，它不能辅助理想。这个世界上聪明、滑头的人很多，智者都去哪里了？

在一次部队拓展训练上，主持人问：“为了实现理想，我建议大家多想办法。现在，树上有只苹果，离地 10 米，谁能想出最笨的方法把它摘下来？”

当时队里有个外号叫铁蛋的战友，是我们喜欢开玩笑的对象，因为他傻乎乎的，没什么心眼，挺憨厚。于是，好事者们叫道：“铁蛋儿，这事只有拜托你了！”铁蛋缓缓站起身，不住地挠头，咧嘴呵呵笑。主持人鼓励他：“大胆地说，只是个游戏嘛！”铁蛋支支吾吾地：“我看哪，这个就是……就是跳起来摘……”大伙儿“轰”地笑歪了，喊道：“这算什么笨办法？”铁蛋解释：“就是嘛，你永远也跳不到 10 米高，你就是摘不到。”主持人纠正他：“问题是我们要把它摘下来。”铁蛋抱歉地笑笑：“那……我再想想？”

终于站起一个聪明人：“报告！赶明儿我驾着坦克来，用炮瞄准苹果，一炮保准打下苹果，请大家享用。”

第二个聪明人受到启发，跳起来说：“啥呀？你那一炮打去苹果就烂了，还享用？需要精准射击——我是狙击手，弄把枪，我离着五公里，通过高倍望远镜，慢慢瞄准苹果梗儿，直到打下它。”

又一个人突发奇想：“枪啊炮的，都是一介武夫！”大伙听着刺耳，盯住他，看看有何高论……“我回去搬音响来，对着树，将音量开到最大档，播放摇滚乐，总有一天能把苹果从树上震下来。”

这个方法果然笨到家了，引得大伙一阵乐。就在此时，真正的聪明人出现了：“诸位，”他高深莫测，“我有一把斧头，”他举起手扬一扬，“砍树。”大伙笑了，轰他下台：“别说了，没意思！”他一拍桌子：“树倒了！我再拿尺子量——我身高 1.7 米，所以，我要将树干砍掉 8.3 米，再将树立起来，那么，苹果离地大约只有 1.7 米了，然后，我一伸手，脚都不用踮，就能摘到苹果。”

这办法果然笨得离奇！大伙儿佩服得五体投地。主持人鼓掌笑道：“很好，游戏结束。下面我来讲评——”

“这个世界上，真正愚笨的事情，往往都是由聪明人想出来、干出来的，而像铁蛋那样的‘笨人’，恰恰不会做出最笨的事。”

当一个人自以为聪明的时候，真该有些警惕之心。你以为小聪明能帮助你成就什么，它可能恰恰丑化了你的智商。

不要为知识所累

书本是全人类的经验集合，它只是辅助、指引我们接近理想，而非画圈子阻碍、限制我们。

一

上物理课时，老师给我们带来几件小东西：木板、木块、小车、细绳、滑轮等。老师说："关于《力学》这一章，我们研究得比较深了，今天请大家做个实验。"说着，老师将木板搭在木块上，形成一个斜面；小车和细绳、滑轮放在一边。"那么，谁能用最省时、最省力的办法，把小车弄到斜面上？"

这像个智力题，看似简单，却暗含玄机。大家盯着讲台，开动脑筋，商量着怎样将小车弄上去。过了一会，同学甲举起手："老师，将绳子拴住小车，一头绕在滑轮上，拉，可以省一半力。”老师笑着请他上台示范。甲忙了好一通，终于将绳子拴上小车，一头绕在滑轮上，然后左手捏着滑轮，右手小心翼翼地拉绳子；用力须均匀，否则小车容易掉下木板。

甲成功了。老师说：“不错，那么，还有谁能想出更省时、省力的办法？”同学乙举起手：“老师，能不能不用滑轮？”老师说：“可以。”于是，乙上台直接将绳子拴住小车，轻轻拉上斜面。同学们都笑了。老师说：“很好，这的确是个办法。那么，还有更好的主意吗？”

大家在台下讨论得很热烈，奇思怪想迭出，但大多因为工具不够用而作罢。例如，同学丙认为：只要一根弹簧，一下将小车弹上斜面就行了。

眼看大半堂课过去了，没人能想出更好的办法。老师说：“那好吧，我来给大家一个参考答案……这个实验是我昨天看了一则幽默故事才想起来的。故事说，普通人根据形状就能区分手掌与脚掌，而专家却要根据皮肤的纹理、气味，经过认真研究、仔细对比，才能区分……”

同学们笑得很欢。老师说：“当知识成为限制我们思维的负重时，它就从根本上失去了意义，不再是力量，而是阻力——关于这个实验……”老师一把抓起小车，随手放到斜面上，“答案就是这个”。

二

法国作家罗兰·巴塞讲过一个真实的故事：某人类学家曾经放映一部深海捕鱼的影片，分别给非洲某部落居民和一批欧洲大学生看，事后要他们简单明白地说出捕鱼过程。结果，不那么开化的部落居民说得直截了当、清清楚楚，而大学生们都不能完整叙述，语言中添油加醋，甚至因自己的情绪感受而体现出“文学效果”，在一定程度上歪曲了简单的捕鱼过程。

我联想到另一个故事，说的是某大宾馆招聘职员，考官拿了一支牙签做试题，问：这是什么？一个人回答：牙签。于是，他落聘了。第二个人挺机灵，说：是一种稀有树木做的牙签，专供高贵客人享用。结果，他也落聘了。第三个人更精明，拿起牙签端详一会，惊喜地叫道：这是拿破仑用过的牙签！——他胜利了。

我相信，这个关于招聘的故事仅仅是一则笑话，但是，前几年我在电视上得知一件真实的事，与上两则故事颇有“精神”上的共通：某教授在访谈节目中说起他一次在课堂上考学生，问：1+1 等于几？结果学生们回答得五花八门，几乎没有敢说等于 2 的。其实，英国大学者罗素早就批评过：1+1=2 这是真理，对于真理我们有什么好犹豫的呢？

捕鱼、牙签、1+1——这些事情原本简单，但面对受教育程度不等的人，居然显示出不同的价值与意义，或高或浅的知识背景将明明白白的事情弄得花里胡哨。一个人当然可以因为拥有知识而自豪，但是，如果因为有知而歪曲简单的事实，甚至真理，从而误导自己乃至他人，那是可笑的、不可原谅的。

三

学生的理想莫过于上大学，如果进了大学则理想终结，那么，“书本知识”大抵就代表你一生的主要知识了。你的理想真的终结了。

态度是另一种能力

有正确的理想，还得有正确的态度。路，不是松松垮垮的人能走好的。

读书时代的一件事我印象很深——

一次老师出了道数学难题，叫我和另一名同学上讲台解答。我很快考虑好解答步骤，而另一名同学还在那里凝神。为了表现一下聪明才智，我很得意地用粉笔在黑板上“刷刷刷”，三下五除二，就摆弄好了。这个时候，那名同学还在一笔一画地写着。我很自豪，将粉笔头一扔，大摇大摆地回到座位。

结果是，我和那位同学都答对了，但老师给的评语却大不相同，她指着黑板上我写的字说：看看，急急忙忙，潦潦草草，马马虎虎，这是做学问的严谨态度吗？在能力相当的情况下，做学问其实就靠一个人的态度了……

说实话，我心中并不服气。我看重的是结果，而老师要的似乎还有过程。

多年后，我去应聘一个会计职位。由于有相关工作经历和较高的职称，我的竞争对手们纷纷落马，剩下一个其貌不扬的家伙与我去迎接最后的面试。

那个单位的会计主管接待了我们，他拿出一堆账本，要我们统计一下某个项目的年度收支情况。虽然只是“小儿科”，但我不敢懈怠，每个数字都牢牢把握，认真在算盘上加加减减。

约一个小时，我完成任务了。十分钟后，竞争对手也收工了。会计主管叫我们在一旁等待，然后拿着我们的“试卷”去老总办公室。

结果令我吃惊和恼火——我落聘了！为什么？会计主管回答：你没有做月末统计，而他不但做了，还做了季度统计。我问：不是要年度统计吗？主管笑道：是啊，但年度统计数据应该从每月合计中得到——这不算什么会计学问，但反映了做会计的严谨态度。也许你们能力相当，所以，我们最后要看的就是个人的态度了。

那以后，“态度”一词在我心中生了根——

同样的能力，在不同的态度下，会导致完全不同的未来。正确的理想，需要有正确的态度来对待。态度也许是另一种能力，有时比能力更重要。

呼呼隆隆去旅游

个性决定人的选择。纪伯伦说：『一个人不能把他理想的翅翼借给别人。』反之亦然。

一个工作于巴黎的中国人在街头碰见一个陌生人，陌生人手里拿着本书，很犹豫的样子。中国人问他需不需要帮助，他说："是的，请你告诉我某某饭店所在的方向？"中国人也不知道，只好说抱歉。但他们就此攀谈起来——

陌生人是个美国游客，刚刚抵达巴黎。中国人热心地说："那你为何不先去参观埃菲尔铁塔呢？好找得很。"游客说："铁塔我在影视上见过无数次了，没什么好看的。"然后他举起手中的那本书说："这里介绍了一家饭店，里面提供一种非常好的面包，我最感兴趣了。"

还有一个在纽约工作的中国人，他看过一个美国人去中国旅行的影集，数百张照片拍摄了田野、山峦、街道、猪、牛……惟独没有他自己的身影。中国人很奇怪：“你真的去过中国吗？”美国人更奇怪：“这不就是我在中国拍的照片吗？”

以上两则小趣闻是我跟随旅行社外出观光时听来的。最近，我又听北京的一位朋友说，他们学校有个德国留学生，专习汉语。起初，同学们以为他怀有什么伟大目标，但后来熟悉了才知道：他是为了在中国旅游时能够与当地百姓交谈。

因为我每年都要随旅行团外出几次，对同胞们的快节奏旅游深有体会——一窝蜂地拍照、一窝蜂地如厕、一窝蜂地就餐，晚上累得气吭吭，第二天早起一点身子都发软——所以这几个老外迥然不同的行为方式令我感觉可爱：他们似乎更懂得旅游的闲情雅致，懂得为自己“量身定做”一套个性化的行囊，要的是旅游的实质，而不是站在标志物下的疲惫的身影。

其实，人生何尝不是一次旅行？“到此一游”这个匆匆忙忙且随大流的概念，往往使我们认为自己真的来过了……这样的肤浅，映照于人生，绝非理想的人生。

马儿心中有数

鞋子合不合脚，只有穿它的人最清楚。每个人的理想，都是这样的鞋子。

那年在乌鲁木齐休假，结识一位来自吐鲁番的老师。他对教育的一些看法颇有意思，而这些看法又源自下面的真实故事——

16 岁那年冬天，他独去远方朋友家喝喜酒。按当地风俗，要彻夜狂欢。但天黑后，忽然接到坏消息：他家房子塌墙了！

他必须立即动身！由于连日大雪，外面的路十分难行。亲戚见他喝多了，不敢让他骑马回去，将一辆马车借给他，并反复叮嘱：夜里赶路，要听这匹马儿的。

借着酒劲，他挥鞭催马上路。寒风呼啸，细碎的雪片、冰针横空扫下来，他不住地打寒噤。视野黑蒙蒙的，十米外就是一片未知世界。

也不知行了多少路程，他的酒意消了些。坐到车头，隐约看见前面有一排白杨树的影子，心中一喜，因为就快上大路了。挥鞭："得儿——驾——"岂料，马儿忽然拐弯，上了旁边一条岔道。他连忙拽住缰绳，骂了一句，让马儿回头；马儿"吭哧、吭哧"地哼两声，跺跺蹄子，不动弹；他恼了，甩个响鞭，说："好好的大路你不走，非得上小道？"又拽缰绳；马儿呵呵呵呵地昂头叫一嗓子，还是不干。这下他真火了，跳下车，用鞭子戳马脸吼道："给我掉头！"

马儿拗不过他，只好掉头向白杨树方向走。"这就对了。"他说，"是马儿，就要好好听人话"。

上大路不足十分钟，马车忽地一歪，差点翻倒！跳下去察看，原来是路中间的冰雪被汽车压出两道深深的辙沟，而马车的轮距比较窄，合不上汽车辙。所以，如果一边轮子滚进辙沟，马车就歪了。没办法，他只好一边在后面推，一边喝令马儿前进。

出来后，他就不敢催马儿跑了。但这样的速度实在合不上心中的火急，走着走着，他又忍不住挥鞭——得儿——驾！

"轰隆"一声，这次车真的翻了，连马也跌坐地上。他又急又气地爬起来，发现一只车轮坏了。好在自己没受大伤。无奈之下，将车卸了，骑着马儿往家赶……

这位老师说：其实我早就该知道，大路上有汽车辙印，而小岔道没有。我就没想到马车不能合辙，但马儿知道；我以为马儿没有人聪明，但没想到就拉车而言，它比人有经验……我当老师之初，也是一味地让孩子们听我的，但后来我发现，孩子们也是些“小马车”，他们了解自己的本性、天赋；虽然我逼迫他们上“大路”看起来没错，但就长远而言，他们更适合走自己的“小道”；如果我终生为“大路”而奋斗，最终也许会造就一批会翻的“马车”，那样的教育，不是善良的，而是一种扭曲，而且，伤害的还不仅仅是孩子……

教育的最高理想是解放人，解放被无知囚禁了的人的灵魂。孔子之所以说“因材施教”，也是奔着这个理想吧？

老猴子才不愿上前

经验可以成就理想，也可以限制我们达成理想。全盘相信经验，就部分地否定了理想。

这位动物行为学家是位古怪而有趣的小老头，学生们都不怕他，因此上课时常常闹哄哄的，谈恋爱、传纸条呀什么的屡禁不止。这天，老人家终于生气了：“即使一帮年轻的猴子，都比你们勤于学习，勇于实践！”学生们哈哈大笑，觉得老教授说话三句不离本行，竟然拿猴子作比喻。

老教授叹了口气，继续说：“告诉你们，即使猴子，也是在年轻时容易学习新知识，突破陈规，否则到老的时候，就是一个顽固保守的家伙——多年前，我在大别山区考察野生动物，与一帮猴子混熟了。在观察它们的饮食习惯时，发现它们的食物种类相对固定。一天，我带了些糖果，扔给它们……”

有学生嘀咕："呵呵，算它们走运。"

老教授摆手道："你以为它们是动物园里的那种猴子吗？走运的，都是小猴子——老猴子没有一个上前捡糖果吃。"

学生们很意外。因为通常看来，猴子对糖果的反应和人没太大差别。老教授说："半生游荡在山野的老猴子，根本不认为糖果能吃；而小猴子因为对糖果有浓厚兴趣，拿起来研究，最终剥了糖纸，塞进口……也就是说，这群猴子渐渐学会吃糖果，靠的是年轻猴子的探索行为。"

一个调皮的学生说："看来，我们得走出去探索了，而不是坐在这里听课。"

老教授瞪他一眼，说："好啊，那么在出去探索之前，先接受我的馈赠……"老教授从口袋里掏出一粒糖果，递给调皮学生："吃吧。"

调皮学生故作惊讶："教授，我虽年轻，可不是猴子。"

教授面无表情："我知道，你吃吧。"

调皮学生呵呵一笑："我才不上当呢。"

教授也呵呵一笑，问全班学生："谁敢吃这粒糖？"

无人答应。

老教授拿回糖果，问："你们凭什么认为这粒糖可疑？这可是奶油太妃糖，老少咸宜呀！你们还不如那些年轻的猴子呢！年轻猴子是因为没有经验，所以勇于吃糖；而你们，是因为经验比猴子多，才不敢吃糖。"说着，老教授剥开糖纸，扔进嘴里。

“也就是说，虽然你们现在貌似年轻，其实，都是些老猴子了！还是好好跟我学习吧！”

教室里爆发一阵笑声，为敬爱的老师那善意的讽刺和挖苦。

汉语中类似“墨守成规”“画地为牢”的语词有不少。人类几千年来，既有经验催生的胜利，也有经验导致的失败。面对经验，我们的现实理想是不受制于它。

第四辑

理想上空，阳光无尽

那些善与美的思想或人物，像阳光一样，照耀我们怀中的理想。

谁在『炫耀』光辉事迹

你需要理想，你同样需要信赖。当然，一个有理想的人，其品质往往真的可靠。

这是他来人才交流市场转悠的第四天上午。前三天，他拜访过十五个“柜台”。现在，他拎着塑料袋向第十六家用人单位走去——

“这是我的大专学历证书。我原先的单位倒闭了，我有六年的相关工作经验。”他说。他对面坐着我省一家大型企业的人力资源主管。主管有些迷惑地望着他，想说什么，又没开口。他笑了笑，继续说：“刚才只是向您介绍一下我的基本能力，但我还有一个更重要的品质希望得到您的关注！”

主管愣了一下。显然，连日面对川流不息的求职大学生，他已经疲了，但眼前这个人似乎有些特别。主管点点头：“什么品质？”

他说：“我是一个值得信赖的人。”

主管微笑了，显然，他觉察到一丝“新意”：“何以证明？”

他说：“2001年9月15日，我以单位会计身份去银行取公款，出纳员工作失误，多付我3700元；一小时后，我发现此事，立即回去将这笔钱交还了。银行写来表扬信，单位通报表彰了我——这是当时的文件。”

主管随手翻翻，抬眼：“就这个吗？”

“还有，”他说，“2002年8月3日深夜，我的同事王某某的爱人临产。当时王某某腿伤未愈，打电话请求我帮他送爱人上医院。我立即找车、背人，很快将他和爱人安排妥当。第二天上午，我又用自己的钱为他们垫付各项费用。直到他的亲人们赶来照料，我才回去休息。值得一提的是，王某某现在是贵企业某部门职员，可以证明。”

主管微笑着点点头，没说话，似乎在等着听第三件“光辉事迹”。

他继续说：“2003年12月9日下午，我在农贸市场见到几个歹徒殴打一个卖菜的中年人，当时围观者很多，只有我上前制止，结果被那伙歹徒把胳膊砍伤……这是翌日晚报刊登的报道，有我的照片。另外，这是当时留下的伤痕。”

主管这时才露出一丝感动，他凝神片刻，忽然问：“那么，你的这种自我宣扬……”

他接口道：“主管先生，我知道，这样的事由自己嘴巴说出来，就贬值大半了。但是，你也知道，面对这些年轻的甚至高学历的大学毕业生，我这个 36 岁的失业者没有任何优势，我只是为了生存才说这些，我希望自己能好好地活下去，至少，有我存在，这个社会就多了一个值得信赖的人。”

这个“自我宣扬”的人是我的同学老冬，当时，我就陪在他身边。数年后，我仍常常感慨：这个世上，多数人推销的是有价格的东西，而将无价的信赖用于推销的人，却很少。也许，多数人缺少这类“货色”？

最后，我要告诉你：“推销信赖”的第六天，老冬就上岗了。

有时，理想的实现，就这么简单：在近似的条件下，一个值得信赖的人，最容易为社会接受。而理想，总是在世界最光明的地方。

假货识真人

有人说，本性诚实，这就是做买卖的最大本钱。人生如何『买卖成功』？诚实值得考量。

我曾参加一位书画界朋友的生日宴会，席间遇见一名穿着随便的五十来岁的瘦子，看样子也不像干杂活的，只是安静地坐在角落里抽烟。那时，我有些怀疑他可能是某路高人，因为在这个圈子里，藏龙卧虎的实在是说不准。

我向一位熟人请教，他淡淡地说了句："是方老板。"我当时仍然没在意，直到另一位朋友说他是"老方之子"时，我才恍然大悟！因为其父是本地著名书画收藏家、鉴赏家兼"零售商"，享有盛誉。一九九七年，老方过世，小方接了父亲的衣钵，我有所耳闻，只是因为非"道中人"，不甚关注罢了。

五十来岁的"小方"虽然不是书画家，但他对书画的评论往往很受关注。在这个商业社会里，许多致力于书画的难免有经济企图，而小方的见解恰好有市场导向作用，只要作品能被他收藏或出售，某种意义上说就是成功的端倪。所以，小方本身也算一位成功的收藏家兼书画商。

不过，我看见小方那天，正赶上他“出事”不久。五个月前，小方出售了一幅黄宾虹的小品，价值 2 万元。顾客完全相信小方的鉴定与估价，当场付钱走人。但不久，小方在北京某古董店里发现一幅一模一样的黄宾虹小品，心中大为惊疑！经过认真鉴别，他终于确信：自己出售的那幅是高级赝品！这下小方急了，回去后通过多方人士打听购买赝品者，半个月后才找到他。那人不相信小方会卖赝品，以为他反悔了，唧唧歪歪地语焉不详。小方当场拍出 4 万元现金，说：当初你 2 万元买的，今天我出两倍价钱赎它，为的就是保住自己的脸面！

那人终于相信了，只是，那幅画儿已经送给某某上司了，他不好亲自带小方去赎。小方不屈不挠，按地址找到那个官员家，坦诚相告，终于用 4 万元赎回画儿，还当着那位官员的面，在画的背面印上“赝品”二字。

局外者看这件事或许有一种怪怪的感动，但对于小方却非常窝囊。所以，那天的宴会上，他一个人躲在角落抽烟，不愿多话。我的一个朋友说，小方父亲是“以商养藏”，除非变卖拥有的书画，否则家产并不丰厚，所以小方当年害怕自己没有足够的本钱继承父亲的衣钵，但他父亲信心十足，说：“你本性诚实，这就是做买卖的最大本钱。”

诚实获得信赖，信赖带来机遇，恰如阳光照耀树木，树木产生果实。诚实的人，会获得生活和理想的礼遇。

岂能止于『黄金』

如果『寻找黄金』就是理想，那么，生命的『价格』是多少？『价值』又是什么？

父亲与儿子做游戏：10 分钟代表一个人的一生，在这段时间里，每人各翻一本书，从里面找“黄金”这个词，谁找得多，谁就是大富翁……

计时开始！

电子钟“滴嗒、滴嗒”响着，数字跳得很欢。

儿子急切地翻书，两眼乱瞅；父亲也慌慌张张地逐页寻找。房间很安静，只听见“刷刷”的声音。

“找到一个！”一分钟后，儿子兴奋地叫道。父亲头也不抬，继续翻书。电子钟“滴嗒、滴嗒”响着，数字跳得很欢。

“又找到一块‘黄金’！”儿子叫道。“我也找到一块！”

父亲叫道。

房间又安静下来。电子钟“滴嗒、滴嗒”响着，数字跳得很欢。

五分钟后，儿子蹦起来：“第三块找到了！”父亲慌了：“我这里黄金为啥这么少呢？”儿子轻蔑地说：“你不会找嘛！要细心！”

电子钟“滴嗒、滴嗒”响着，数字跳得很欢。“第二块！”父亲说。“第四块！”儿子压倒父亲的声音。

……到了第八分钟，儿子一连找到三块“黄金”，他一共得到十块“黄金”；而父亲此时只得到四块。

“不用比赛了，爸，你输定了。”儿子说。父亲点点头：“我承认，我输了。可是，就这么完了吗？”儿子问：“还要干什么？”“如何使用‘黄金’？”父亲问。儿子抬头考虑片刻，说：“我要买一大堆巧克力、玩具，买一辆真正的赛车，还要……去埃及看金字塔！”

父亲指指电子钟：“九分十秒。”

儿子问：“又怎么啦？”父亲笑道：“你那些愿望都不现实，你老啦，巧克力不敢吃，赛车开不动，金字塔也看不成了，你看，说着就已经九分四十秒了，人的‘一生’都快结束了……”

儿子呆呆地望着父亲。

父亲说：“为了找黄金，你花去大半生，却难以享用它。其实，时间才是最最宝贵的，它是每一个人的终极资源。”

时间对人是公平的，不公平的是每个人如何拥有它、利用它。不同的理想，导致不同的时间观念，进而产生不同的价值，造就不同的人生。时间和黄金都无错，错在人。

都没有的知识

你有实在的理想，未必有实在的知识。知识与理想，需要对接。

“世界很复杂，充满变数。”中文教授说，“包括那些看似简单的事物。”

马上就要毕业了，大学生们心情浮躁，来上课的人并不多，而且，似乎都心不在焉。

“在大家信心十足、跃跃欲试的时候，我想给一点提醒。”教授敲了敲讲台。今天，他两手空空，没有带书和讲义。“因为，大家未必识庐山之真面目，所以，过于自信有时会导致自闭。”

这句话分量有点重，学生们开始注意教授。黑板上，教授写下几个字“中学到大学”，问：“知道它的意思吗？”

学生们笑了，没有人回答，可能是不屑于回答。教授说：

“的确太简单了。”然后转身添加几个字“都没有的知识”。教授问：“知道这句话的意思吗？谁来念一下？”

学生们仍然在笑。没有人愿意站起来当“小学生”。教授只好自己念：“中学到大学都没有的知识。”然后解释：“是的，你们的学历值得很多人羡慕，但是，学历与学问几乎是两个概念，后者的内涵实在太宽阔了……”

学生们又开始聊天，交头接耳：谁谁将分进党政机关，谁谁应聘于某某大企业，谁谁准备去南方……教授忽然提高嗓门：“一个小小的因素，就可能导致全局震荡！”

学生们一惊，抬头。教授见大家注意力集中了，笑眯眯地，在那句话前加了一个字“从”。台下有学生轻声念：“从中学到大学都没有的知识。”教授立即指着他：“这位同学，请你读出这句话，注意断句。”

学生站起来，挠挠头，有点不好意思，念道：“从中学/到大学/都没有的/知识。”其他同学呵呵笑。教授问：“难道他念得不对？”学生们仍然呵呵笑，兴致盎然且轻松。

教授环顾四周，见没有人答话，叹了口气，扔掉粉笔：“唉，思维定势了，不利于面对充满变数的世界。”这时有个同学反问：“难道他念得不对？”教授断然回答：“只对一半！”台下的人再次提起精神，盯住教授。教授开始念：“从中/学到/大学都没有的/知识！”

台下一片安静。教授得意地诡秘一笑，走下讲台：“诸位，很抱歉！作为一名中文教授，我竟然在与各位道别的时刻玩了一次小学生的文字游戏——不过，我用心良苦，因为你们即将面对的社会的确充满了——从中学 / 到大学 / 都没有的 / 知识；而你们又必须——从中 / 学到 / 大学都没有的 / 知识！”

台下的学生们纷纷起立，向敬爱的老师报以热烈掌声。

每个人的知识都有其局限性，表现之一就是思维定势。所谓“解放思想”，大约就是针对这个而言吧？那么，这个词语就不是空洞的口号，而是实实在在的警告。没有思想的解放，又如何自由追寻理想？

小粪球，大宝贝

谁跟着潮流追逐理想，谁就是小傻瓜——就类似『追星族』。

“每当一块美味被发现，它们就从四面八方赶来争夺。对于它们而言，世上没有什么比这块美味更堪称宝贝的了。”

——生物老师照例用他那浑厚的男中音“谱写散文”。我们知道，某种有趣的动物就要出场。“你们想不想去参加这场争夺战？”老师神秘地问。

有调皮者大声喊：“冲啊！”

“这块美味的宝贝周围，有时会聚集120个民族的成千上万个战士，长则几小时，短则几分钟，它们就会把宝贝抢回去，妥善保管，慢慢享用。”老师说，“它们甚至会把宝贝打造成一定的形状，放在仓库里，以备子孙之用。古代埃及人很崇拜它们，将它们的雕像放在死去的法老的心脏位置，地位相当神圣。而这份荣耀，还得归于它们善于抢夺美味的宝贝——你们想一想，这种美味的宝贝是否值得一尝？”

又有调皮者大叫：“什么呀？给我来一块！”

老师微笑着扫视全班，然后继续叙说他的散文：“想尝？它们可不答应！你得自己去抢！如果你足够聪明，就带上铲子，去野外寻找它们的仓库吧！记住，它们是很善于保存美味的宝贝，有的宝贝比它们身体大数百倍，是圆球状，外面涂着厚厚的黏土。”老师顿了顿，“是啊，它们太伟大了，它们对美食的热烈追求，甚至拯救过澳大利亚和新西兰的生态环境！”

同学们耐不住，问：“到底是什么美味呀？”

老师仍然不正面回答：“可以说，这种美味是一种真正的绿色食品，城市里很难看见的；而澳大利亚和新西兰的草地上，却很容易找到。”说着，老师将一个塑料袋子拎上讲台：“我今天带来一块，想品尝的请举手。”

立即有一批男生将手高高举起。老师微笑了，缓缓打开袋子——一坨牛粪。

戏谑的笑声几乎掀翻了屋顶，这就是我们喜欢生物老师的原因。

老师平静地说：“是的，对于所有种类的圣甲虫来说，大型食草动物的粪便，就是它们美味的宝贝。当初，澳大利亚、新西兰缺少圣甲虫，而牛羊的数量又急剧增多，整个国家臭气熏天，不得不从国外进口圣甲虫来处理粪便；古代埃及人之所以崇拜圣甲虫，也是出于类似的原因。”

老师最后说：“在这个世界上，可能没有不宝贵的事物——那些自暴自弃的同学听好了——即使粪便，对于一些生物来说，都是宝贝，需要抢夺才能到手；而你们——”生物老师手一挥，“也不要轻易跟随潮流，把别人的宝贝当成自己的追求对象，否则，就可能是对自己的不尊重，要闹笑话呢！”

地球上存在无用的东西吗？以人的价值观衡量，有很多；地球上存在无用的人吗？以人的价值观衡量，也有很多。人的价值观为什么这么“残酷”呢？在肯定一些的同时，又否定了另一些。我们的价值观值得警惕——尤其是那些没有理想、自暴自弃的人。

军舰鸟、土秧鸡、狮子

是缺点，还是优点？是老鼠，还是狮子？人的思维境界，可以决定其好坏、强弱。

军舰鸟日常在大海上翱翔，是很凶猛的食鱼者。它有很长的翅膀，轻轻一拍，即可在空中飘荡久远，看上去就不是凡雀。我有个海军战友，喜欢摄影，常常取材于军舰鸟，作品屡屡获得报刊的认可。

还有一种鸟叫土秧鸡，田野里比较多见。这种鸟的翅膀不争气，飞不高，更飞不远。比起军舰鸟，它的形象就差远了，想上报纸可不容易，缺乏力度，没有美感。但你别以为土秧鸡是容易入盘子的，它的警惕性和军舰鸟一样强。当它从你面前惊飞，又落在不远处时，你最好还是走自己的路吧。因为等你冲过去要捉它时，它已经疾步如飞，迅速钻进草棵、稻田里，再也看不见了。

我的战友说，军舰鸟偶尔也会落在他们船上小憩，但根本不是因为喜欢人类，而是想顺便观察船边的鱼群。要想捕捉军舰鸟，还得乘坐快艇，在海面突然袭击。因为军舰鸟翅膀长，影响起飞速度，这时候容易得手。

相较而言，土秧鸡的腿就比军舰鸟的翅膀更管用，那是它主要的救命工具，翅膀完全在其次。但也不能就此说土秧鸡比军舰鸟强，因为它们的生存环境不同：土秧鸡的翅膀不能领略海洋的风景。

不要因自身的缺点影响对理想的追求。这个世界上也许没有真正的优点和缺点，一种环境造就了这些，换一个环境又可能会否定这些。霍金并没因自己肉体的缺点而没成为霍金。

安详的动物

理想是人的理想，欲望是动物的欲望。无法相提并论。

野兔在吃草的时候，不时抬头四顾。

老鼠出洞，左右张望，小心翼翼。

麻雀在地上蹦蹦跳跳，人稍一走近，即惊慌四散。

野鸡觅食时，注意力并不完全限于食物，而是周围的风吹草动。

猴子打起架来够狠，又抓又咬，遍体鳞伤。

猫与猫的斗争也很残酷，叫声凄厉而愤怒。

——以上这些小动物的共同特征是：不安详。因为莫名的紧张，因为琐碎的争斗。比起趴草原上半天不动身的狮子来，它们也许显得勤劳，但是，它们活得真累。为什么本性凶猛、残暴的狮子倒比小动物们显得安详呢？原因很简单，因为狮子处于食物链顶端，它拥有巨大力量，面对周围环境，它无须太多的紧张或争斗，只是在必要的时刻出击一次。

动物如此，人又何尝不是呢？你看那些所谓的“聪明人”或“狠人”，平时忙碌于小心计，紧紧张张、患得患失，或争强斗狠，像野兔、像老鼠、像猴子、像猫——到头来未必赢得我们的羡慕和尊敬，因为他们没有底气，没有真正的内在的力量。他们活得很不安详，他们是“小动物”。

狮子懒洋洋地趴在草原上的安详倒值得我们畏惧，人的安详更值得我们尊敬和效仿，因为我们宁愿做一头狮子，做“大人物”。

但人世不是丛林。虽然人生确实需要拼搏，但绝非动物式的斗争。社会达尔文主义，是一种可怕的东西。人在争取自己理想的时候，应该否定这些。因为我们是有理想的人，而不是只有欲望的动物。

女儿，你藏在哪里

所谓苦涩，大多是一种历练。但凡有理想的人生，都离不开它。

一个女孩负气离家出走，母亲看见她留下的纸条，十分吃惊，第一个念头是上派出所报案。但这时电话铃响了，是孩子父亲打的。

父亲听完电话那头紧张的声音，沉默半晌，说："不要闹得满城风雨，那孩子自尊心极强，等等吧。"

女孩业余爱好是上网，父亲虽然不知道她常去的网站，但有她的一个电子邮箱，于是给她写了封信：我知道你生气藏起来了，我估计也找不到你，就让你安静地回味一下过去的快乐和苦恼。

一天过去了，女孩没有回音。母亲很着急，所有的亲戚朋友家都问过了，没见到女儿。她又想给女儿同学打电话询问，被父亲拦住："不要让他们知道，孩子以后还得上学，那时她面对老师和同学会成为'另类'。明天一早，你去学校撒个谎，帮孩子请一周病假。"

当晚，父亲又给女儿一封电子邮件：呵呵，我猜到了，你现在正在网吧，对吗？注意啦，墙那边的屋子里就坐着老爸——我！不信你去看看？

夜里 11 点，女儿终于有了音讯，一封给父亲的邮件：我们相隔万水千山，好自由的感觉！我要独自闯荡世界，像三毛那样浪漫地漂流四方！母亲一看，眼泪当场冒出来；父亲却笑着说："这是曙光啊，说明孩子想我们了，否则又何必说这些？"他当即复信：坚决支持你的伟大行动！我为有这么一个充满激情与幻想的女儿而骄傲！老爸年轻时是个诗人，多想像你今天这样走出去啊，但没有决心，太惭愧了……

第二天上午，父亲的电子邮箱里静静地躺着一封信：老爸，不要惭愧，现在行动还来得及。但我想先创业，然后接你过去玩。父亲赶紧回复：可是，我得等多少年？你创业成功时，我也老喽，走不动喽！

十分钟后，女儿的回音来了：我初步预计，创业要 10 年，那时你 55 岁，还没退休呢！父亲看了，故意不答复，等到午饭后才上网回信：不行啊，老爸今天淋雨了，全身难受，到 55 岁，身体可能更弱。你买伞了吗？

下午，接到女儿回信：不要紧，雨淋不着我，我不出门。父亲阅后，对妻子说："好了，女儿现在很稳定，我推测她没出城，可能住在旅馆里。让她疯两天，一切自理，就会累得想家。"

晚上，女儿又来了封短信。这次父亲以妈妈的口吻回答她：孩子，你爸爸淋雨后全身难受，发高烧，住院去了。妈妈现在没时间跟你联系，得去医院陪护他。再见！

果然不出所料，女儿在第二天的邮件中关切地问：爸爸的病好些了吗？父亲一笑，关上电脑，不予理睬。

午饭时分，电话铃响了，父亲示意母亲去接，说："告诉她，爸爸现在烧糊涂了，老是念叨女儿。说完就挂，别啰嗦！"母亲照办。

傍晚，楼梯口传来熟悉的脚步声。父亲赶紧躺上床，母亲按原定计划准备迎接女儿。"笃笃笃"，有人敲门，透过猫眼瞅，是女儿。母亲轻轻开了门，对女儿摆摆手："小声点，你爸在睡觉。"女儿一脸疲惫，放下包裹，蹑手蹑脚走进里屋，见爸爸安静地躺着，泪水哗地涌出来……

事后，父亲说："孩子，一个人在外边吃点苦，是迟早的事，阻拦她只会适得其反，何不顺水推舟，让她去锻炼一回呢？"

是的，如果女孩未来是辉煌的，会发现这次经历里，附着了父亲的多少宽容和爱意，即便苦涩，也有深刻的理想成分，它培育我们的感恩之心。

猜猜谁是天使

理想是内心的美丽天使。看轻自己，看重别人，也许我们的灵魂就能轻盈飞舞，自成天使。

下面是一位在加拿大生活过七年的朋友讲的小故事——

我在多伦多工作的时候，常常要去幼儿园接 6 岁的儿子。有一天，我去迟了，幼儿园里只剩 5 个孩子，正由老师带着做游戏。我没有打断他们，站在一边观看。

老师在桌子上放了些木头和布做的玩具，有狼、狐狸、兔子、小鸡、小鸭。老师说：“下面我让这些动物演戏，然后你们猜猜——谁是天使。”

森林里要举办歌手大赛，但狼、狐狸、兔子、小鸡、小鸭中，只有一个能参加，其他的都得当啦啦队。狼说：“我的嗓门很粗，唱摇滚肯定能赢。”狐狸说：“凭什么一定要唱摇滚呢？我善于唱西部牛仔曲子。”兔子说：“我可是情歌高手啊！”小鸡不满意：“我以前在合唱队，是主力呢！”小鸭嘎嘎叫：“唐老鸭的嗓子唱遍了全世界！”

这么着，大家都想参加比赛。最后，狐狸说：“这么争也不行，我看，还是让狼去吧，它比我们都凶猛，不要惹恼了它。”狼一听，很惭愧：“难道我不是大家的朋友吗？我从来没有欺负你们。唱歌的事，不是比谁凶猛，算了，我不争了，我推荐兔子去参赛。”小鸡、小鸭非常不满，一起叫道：“如果让兔子参加，我们就回家，不当啦啦队。”狐狸一听，高兴了：“狼放弃了，选了兔子；而小鸡、小鸭不赞成，要回家——那么，只剩下我了，好吧，我去参赛！”狼笑了：“这样不公平。首先，我宣布退出，因为‘狼嚎’的确难以在唱歌比赛中取胜。我愿意做你们的啦啦队，但是，你们之间得先举行选拔赛。”

戏演到这里，老师问：“孩子们，猜一猜，它们中谁是天使？”

朋友说：当时我站在旁边看得蛮有兴致，但老师的问题连我也觉得不好回答，感觉这戏演得还不充分，没有体现出天使来。孩子们的回答也不一致，老师只是笑着点头说：“有道理。”最后，老师公布答案：“天使之所以能飞起来，是因为它乐意看轻自己……那么，在这里只有狼是真正的天使了……”

这个貌似幼稚的游戏令我感慨：一，讲谦虚。这应该是我们中国人的祖传本领，没想到西方人也讲谦虚。并且把它上升到“天使”的高度来认识；二，只要条件符合，连狼也可以当天使。这与我们一会儿将某人宣传成圣贤，一会儿又将其画成魔鬼的做法相比，充满了宽容和辨证色彩。

其实我觉得，任何一个人（或民族），无所谓谦虚还是骄傲，最终得看他立足的基础，只要这个基础符合他的表现，无论谦虚还是骄傲，都是一种事实求是的态度。最后一点很重要：想当天使去飞翔的重要条件是——乐意看轻自己。而成为天使，不正是所有孩子的理想吗？

儿时的快乐实验

你要光彩，别人也要光彩。你有理想，别人也有理想。我们需要彼此鼓励、帮助。

记得儿时一次与小伙伴玩耍闹了矛盾，我大骂对方是笨蛋，他当然很恼火，也骂我是大笨蛋。吵嚷间，我叫到：“上次考试我得了第一名，你是第十七名，你才是笨蛋——大笨蛋！”小伙伴一下憋红了脸，站在那里不动，怒目相向，就快打起来了。

恰巧这时父亲走过来，他严肃地批评我不该骂人，要我当场向小伙伴道歉，然后拉着我回家了。

父亲刚从省城出差回来，带了些东西。他在包里摸出几本小人书给我，我高兴坏了！父亲笑眯眯地瞅着我，说：“还不快去操场，在小伙伴们面前炫耀一下？”我立即跑出门。

吃晚饭的时候，父亲问我："怎么样？伙伴们眼馋不？"我得意地说："那当然，那些小人书他们都没有看过！"父亲笑道："不忙，还有更好的东西给你呢！"我急了："真的？是什么嘛！"

父亲故意卖关子。直到晚饭后，天黑透，他才将"更好的东西"拿出来——一把玩具冲锋枪！乖乖，我激动得要飞！手一抠，"嗒嗒嗒、嗒嗒嗒！"还带亮闪闪的红绿灯呢！

父亲仍然笑眯眯地说："那么，你再去操场上，在小伙伴们面前炫耀一下？"我愣住了，怀疑地望着父亲："天黑了，哪儿有人呢？"父亲说："管他有人没人，你一个人也可以去操场上炫耀一下嘛！"我使劲摇头："一个人炫耀啥？你是怎么啦？爸爸！"

父亲这时才掏出心里话："儿子，我是给你做实验呢！白天，你拿着小人书，可以在小伙伴们面前炫耀；现在天黑了，你有了更值得自豪的冲锋枪，却无法炫耀——为什么？"我没有回答。父亲继续说："白天我碰见你和小伙伴吵架，你拿第一名来炫耀，伤害别人的自尊心，这是不对的。他是你的伙伴，是朋友，不要把别人当做自己的炫耀对象，直到有一天，所有的伙伴都离开你，看你还向谁炫耀去？"父亲摸着冲锋枪，说："如果你在炫耀中获得了心理满足，我看，你该感谢那些伙伴才对，因为有他们在看着你炫耀；如果没有观众，你再了不起，又怎样呢……"

这个“实验”结论已伴随我走过多年。如今，每当我看见别人炫耀自己的财富、地位或其他“值得”炫耀的东西时，我就会宽容地笑笑，想起自己天真而又浮浅的童年。那些世俗价值，如果没有理想附着，就实在太低级了——像一个没有穿衣服的家伙，不必对人招摇。

无阻力，难前进

实现理想的过程，如果没有阻力，则没有意义。

我是在溜冰场听到这个故事的——

溜冰教练小时候生活在大兴安岭边的乡村里。冬天来了，湖面结冰，孩子们在上面玩得不亦乐乎。有一天，一个大孩子提议:去湖对面的小山上玩打仗游戏。大家都赞同。为了抄近，他们需要穿过湖面。

整个湖面大约一公里宽，那个下午，教练走得相当艰难，不知摔了多少跤。到达岸边时，全身冒汗，累得气吭吭。看看表，竟然走了半个小时。

大家在山脚下休息一会儿，约定一起向山头“冲锋”，谁先占领谁就赢了。教练看看山，高度不过六百米，但沿着斜面爬上去，大约也有一公里，和湖面的宽度差不多。当时他想：山坡乱石成堆，比湖面更难走，估计得四十分钟才能到顶。

冲锋开始，孩子们大呼小叫地爬山了。教练鼓足劲向上跑，虽然不时摔一跤，但比起其他孩子，他也没落后多少。教练走走爬爬，渐渐丢下许多伙，心中很得意。看着看着，山顶近了，教练再次鼓足劲，一口气向上走去，终于第一个到达山顶，夺得“冠军”。那时，那下意识地看看电子表——只用了 21 分钟！

相似的距离，过光滑的湖面用了 30 分钟，而爬上山顶只要 21 分钟，为什么呢？教练说：是粗糙路面的摩擦产生的阻力“成就”了我。

其实人生也可以比作一公里的旅程——没有阻力的人生可能就是一个光滑的冰面，而有阻力的人生就像爬山，哪一个更有益于我们？恐怕还是有“阻力”的那个。不预期阻力的理想，也就是幻想而已，就像一部没有曲折情节的连续剧，失去“看头”。

地下八日，锅巴一片

用理想自救，故事多矣。而自救，是不是也拯救了理想？拯救了人生的一切机会？

矿井塌方的第八天，人们终于找到了那个挖煤工，他是七名被困者中唯一生还的，而他当时的处境又是最艰难的——他一个人被堵在一条废坑道里。

当他被蒙着眼睛抬出来时，第一句话就是："真亮啊！真热啊！"他虚弱地与别人握手，说："这世界还在。"

其实他并不知道自己在矿井里呆了多少天，他后来回忆说，当时发现塌方，心中十分慌乱、绝望，但他很快控制住情绪，安慰自己说："不要紧，上面肯定要派人救助。"正好那天他很累，就躺在木板上睡觉。醒来后，他在坑道里来回走动，仔细听有没有从外面传来的声音。

这样的情形不知过了多久，除了水滴声，坑道里静得像坟墓。他毫无办法，就唱歌自娱，学明星在舞台上喊："左边的朋友，来一点掌声；右边的朋友，来一点掌声。下面我给大家献上一曲《XXXX》。"然后他就笑，觉得怪好玩的。唱累了，他又躺到木板上睡觉，幻想着他喜欢的女人、爱吃的食物，希望能在梦中看见这些。

再次醒来时，他又竖起耳朵听，渐渐地，一些他盼望中的声音出现了，他喜悦地向发出声音的地方跑去，大喊大叫，希望引起注意。但是，这些声音有点怪：只要他想念什么声音，那声音很快就能"出现"。他开始怀疑自己是在"幻听"。这是没用的，只有感觉到震动，看见洞口，才能确信救兵到达，他安慰自己要耐心等待。于是，"个人演唱会"再次举办。

时而恐惧，时而平静，时而绝望，时而欣慰……他一直在与自己的内心作斗争。为了控制住自己，他想方设法，除了唱歌、讲故事、幻想美好的事物之外，他还坚持在坑道里玩射击游戏——将一片木板插在壁上，然后在黑暗中向它扔煤块，如果听到"啪"的一声，就是打中了。他规定自己：只有打中一百次才允许睡觉。

他不知道多长时间没吃饭了，口袋里那块巴掌大的锅巴成了精神寄托，他每次都是数着米粒吃它，目前已经吃了370粒。他在回忆时说：坑道里有水，口袋里有锅巴，更重要的是，我坚信人们会来救我，我决不能害怕，决不能发疯，决不能自杀，我一定要控制住自己……

他是在梦中听见响动的，然后他就看见洞口射进的刺目的光芒。他紧紧捂住眼睛，但仍然感觉光是那么强。当他确信自己得救时，一下就软了……

一个记者朋友亲历了这次救援，但地底下的这些“无聊细节”他没有写出来。我深为这名挖煤工感动：仅有外界的救助是不够的，重要的还有他的自救。他无法控制灾难，但他能控制自己。从某种意义上看，人是通过控制自己，才控制了他的整个世界。如果黑暗中的理想，是人生的最后一根稻草，那么，它必定是用世界上最稀有的金属打造的。

像爱护你的手一样

实者，不说大话，不悦虚名，不行架空之事，不谈过高之理……（曾国藩）

一位爱好摄影的老人家只身去山区采风，汽车在崎岖的小道上颠簸很长时间，才把他送到一个洞口边，那洞里是一条暗河。由于水汽浓，什么也看不清。

终于等来一位船工，他漫不经心的样子，一点热情都没有，再加上暮色苍茫、水汽朦胧，老人家很怀疑他的可靠性，心里嘀咕着怎么办。这时船工跳上岸，将木船的头使劲拖上岸，说："上吧。"老人家就上去了。只见船工又使劲将船推进水里，而他自己却没上船。老人家吓坏了，"哎！哎！"地叫了几声。

船工没理他，反而后退几步，用竹竿一撑，像撑竿跳高一样，“嗖”地落在船头，稳且准。老人家被他的动作吓得发呆了。这时船工才真正注意到老人家的表情，说了句：“我们习惯这样的。老人家别怕，天快晚了，我们要赶时间。”

老人家稍稍放心，但还是有些不悦。船工又说：“洞里很多钟乳石，好看得很呢！”随着递来一支手电筒。老人家边行边看，被眼前的奇妙景色迷住了。就在他沉醉的时候，船工忽然喝道：“身子坐正！”老人家吓一跳，赶紧坐正。船工略带歉意地解释：“这是暗河，水流不稳当，也看不清，防止摇晃翻船。”

老人家笑笑说：“你一惊一咋的，我心脏可不好承受。”船工没回答，又以命令的口气说：“手不要扶船边！”老人家赶紧把手缩回来，问：“这又是怎么啦？”船工正使劲呢，终于越过一道逆流，才回话道：“要是船边擦上岩洞，会伤了你的手，也伤了我的名声。”

老人的心一动，正要说话，船工又道：“坐我船的客人，还从来没出过事呢！”

老人家咽下了想说的话，将手电对着船工的脸照一照——那是一张黑黝黝的，很壮实，也很粗野的脸，朴实无华……

“耀我眼了！不要照！危险！”船工叫道。

老人家立即灭了手电，乐呵呵地坐在船上。他安心了。

——为保护自己的“名声”，船夫得用心保护所有乘坐他小船的客人。一个好“名声”，可以看作船夫的理想，一个充满关爱和温暖的理想。类似这样的理想如果普及，世界会多么美好……如果我们希望别人都拥有这样的理想，不妨自己先拥有它。

一声疼，好幸福

如果我们将痛苦广泛、不断地对比，会有多少痛苦不值一谈啊！

红光闪过之后，老卫不见了。首先喊叫的是那些看热闹的村民，接着，我们一帮战友扑上前去……

老卫倒在麦秸垛下，不省人事。“老卫！老卫！”我们呼喊他，只看见血缓缓地从他鼻孔里滑出来。一颗日本鬼子数十年前遗留的炸弹，可能要了我战友年轻的生命——当时，我的心中满怀愤怒与恐惧。

第二天，师部医院的医生说：“老卫有百分之四十的可能会苏醒。”“剩下的百分之六十呢？”我们追问医生。医生神情凝重：“百分之三十成为植物人，还有百分之三十……死亡。”

虽然医院不准我们随便去探视，但战友们仍然每天往老卫那里跑。医生、护士人手少，管不住我们，后来也就渐渐睁一只眼闭一只眼了。看着浑身绑满绷带的老卫，我们心如刀绞，无能为力。原先活蹦乱跳、生机盎然的一个哥们，如今就像一具木乃伊，没有快乐、没有烦恼、没有忧愁——曾经有个周末晚上，老卫扑上我的床，按住我挠痒痒，在嘻嘻哈哈地搏斗中，我不小心一拳打在他眼眶上，疼得他哭爹喊娘，“哇哇呀呀”乱叫——那样的声音，如今是多么值得留恋啊！

随着治疗的进展，情况出现好转。七天后，听医生说老卫微微动了两次！这是一个大喜讯，连师长、政委都专程跑来，想跟老卫说几句话。同队的战友们更是奔走相告，纷纷前去探看。然而，老卫就像没事一样，安静地躺着，对周围毫无反应。

医生终于答应我们，可以轮流去医院，在护士的指导下陪护老卫，因为他随时有苏醒的可能。坐在老卫床边，我数次看见他的轻微动作，但一直没能听见他说话，哪怕哼一声。但大家都持乐观态度，认为苏醒只是个时间问题。

太阳从东方升起，在西边落下。这样枯燥的日子又流逝了一百多小时。一天傍晚，我和两名战友刚来到老卫的病房前，里面忽然冲出一位护士，欢喜地叫道：“老卫说话了！老卫说话了！”我们几乎是“大惊失色”，抓住她问：“说什么！”“他说疼！”我们夺门而入，气喘吁吁地站在老卫床前，伸长了耳朵，谁也不言语——也不知过了多长时间，终于从天边传来微弱的一声：“疼啊……”

是老卫在说话！我与战友们面面相觑，此时无声胜有声，眼泪夺眶而出！

十年来，我又碰见许多说疼道苦的人，但我很少能真正用心去安慰他们，因为，比起当年我那濒临死亡的战友，他们的疼和苦委实算不上什么——就那时的老卫而言，疼是生命的曙光，是一种值得我们久久期待的幸福理想啊！

学者与偷猎者

印度圣雄甘地以其实践，为人类理想树立了光辉榜样。暴力的本质是软弱。

一个法国学者去非洲参与动物保护工作。那里有一种犀牛，因为“全身是宝”而遭到土著的追杀，他看到此景，心中十分悲痛。

一天，他随当地全副武装的巡逻队去森林考察，碰上三个偷猎的。巡逻队迅速包围了他们，用喇叭喊话，勒令他们放下武器。偷猎者哪里会轻易受降呢？抱着武器寻找突破口。情急中，有个偷猎者首先开枪，打伤一名巡逻队员。这下激怒了大伙儿，巡逻队也举起武器还击。激战约 5 分钟，偷猎者知道自己势单力薄，挑起白旗投降了。

令人振奋的是，这三个被捕者中有一个就是早已挂上号的

“偷猎大队长”。此人凶悍且狡猾，一直与巡逻队周旋，两年来让他们头疼不已。回到驻地，许多巡逻队员冲上来要揍“队长”，“队长”竟然镇定地望着他们，没有惧怕的样子。

遗憾的是，那个国家的法律并没有明确规定偷猎者要坐牢，所以，这三个偷猎者只是被分别关押在巡逻队的黑屋子里。开始那几天，总是有巡逻队员结伴找到“队长”，将他打得鼻青眼肿。法国学者听说了，赶去劝阻，但没有什么效果。更令学者惊慌的是，没有抓获的偷猎者居然用金钱来收买巡逻队“活动”，以“营救”被捕的同伙。而巡逻队得到“好处”后，真的想放人了！学者与巡逻队交涉，最后只得到一个许可：让他与“队长”同住黑屋子，十天后准时放人。

这十天是在“教育”中度过的，因为学者带了许多书籍、图片，甚至一台录像机进去。外面的人除了定时给他们送饭、放风外，什么也不管。到了放人那天，凶悍且狡猾的“队长”一反常态，与大家握手道别，还保证以后不再干偷猎行当——谁相信呢？

事实证明“队长”没有违反诺言，那块地方除了有零散的偷猎者之外，再也没有一支有组织、有纪律的偷猎队出现过。

胜利属于那位法国学者。在这个世界上，谁用武力打败了谁并不重要，若想真正降伏对手，只有用你的观念“打败”他的观念。其实整个人类社会的运作，本质上也是观念的运作。

如果人类的一切较量，都只在观念的层次上进行（类似体育竞技的除外），那么，这就是一个理想的世界。

任何事都有可能发生

一个头脑开放的人，愿意掂量看似不可能的思想，这不仅是心胸宽阔，更是具有创造性的表现。

一个年轻的物理学家常去一家饭馆用午餐。这天，他对面坐了一位油漆工人。聊天的时候，物理学家得知：这位工人与油漆打了 20 年交道，经验十分丰富。工人说起许多有趣的操作细节，令物理学家耳目一新，油然而生敬意。

后来他们谈起调色。工人说："你用白色和红色就可以调出漂亮的黄色。"

物理学家感到意外，因为根据他的经验，黄色是由绿色和红色调和成的，而白色和红色混在一起，应该是粉红色。但眼前的油漆工毕竟是一位实际操作者，老行家了，他只是怀疑地问："真的吗？"

油漆工拍胸脯道："我敢打赌！"

这时饭馆老板也过来为油漆工帮腔："他是这个行当的权威，错不了。"

年轻的物理学家将信将疑，一定要工人演示给他看，并且兴致勃勃地跑去买来白色和红色两种油漆。

工人将两种油漆混在一起搅拌。可是，得出的果然是粉红色油漆。物理学家松了口气，因为这个常识性问题没有被两种油漆颠覆。这时，油漆工人嘀咕道："以前，我还用一小瓶增黄素作添加剂。"教授释然。在一边观看的饭馆老板反过来批评油漆工说："你竟敢和一位物理学家争辩！"

这个年轻的物理学家叫费曼，在普林斯顿研究院期间，曾经给爱因斯坦、罗素等大师做过学术报告，参加过原子弹的制造，还获得过诺贝尔物理学奖。他说这个故事的时候，有一点自嘲的意思——盲从权威，有时会闹笑话。

但是，反过来再想想：作为真正的权威的费曼教授，能够聆听一位油漆工人对简单的物理现象的异常判断，其实是很可贵的。反思一下我们自己，是不是曾经有过对事物的固定认识，而听不进新鲜的意见，最终闹出尴尬?

一个头脑开放的人，愿意掂量看似不可能的思想，这不仅是心胸宽阔，更是具有创造性的表现。我们可不可以认为，这样的心态，最接近理想?

三千年过去了

不要站在『物质』层面，以『物质』的眼光，去衡量一切，包括理想。

西周始于公元前1046年，到今天约3000年。我打算就这段时间发挥想象，因为这段时间大致包括了我们民族有文字记载的历史——

在开始想象前，我先回忆一下自己这一年来都干了些什么：睡觉、吃饭、上班、买书、读书、写字、旅行5天等等，这一年既丰富，也单调。一年前的今天，我记得自己穿越马路时，在考虑编一本书，整整一年过去了，书没编成。我此刻非常惊讶这一年过得如此迅速，恰似从昨天到今天。我又忆起2000年2月，我的宝宝出世那天，到此刻，印象依然那么清晰，可是，已过去6年多了。

对于我来说，每一年都过得那么迅速，简直不值一提。可是，人生不过就是这么七八十个“一年”而已。而我们历史上的这3000年，也不过3000个这样的“一年”而已。

我眼前有一叠方格稿纸，每页300格。若一格代表一年，那么，3000年就是3000格，能组成整整10页。比如说，我盯住稿纸的格子看：这一年是秦始皇称帝，那一年是李世民登基，这一格是赤壁之战，那一格是万历十五年，这一格是乾隆下江南，那一格是孙中山担任临时大总统……看完这3000格，也就大致“看”完了自西周以来的历史——共10页稿纸。

如果按人的一生来“看稿纸”的话，不过70～80格。在这些格子里填上当年最重要的事，三分钟也就看完了。哼哼，再伟大的人物面对这些格子，也没啥了。

我又想象：假如有这么些人，他们以“接力赛的方式”各活80岁，即A在80岁时死亡，B立即出生，到80岁时死亡，C又立即出生……那么，这3000年仅仅能生活约38个“接力人”。然后，我们在天堂里会见这38个人，听他们依次谈论3000年的历史——你会觉得3000年很长吗？不过38个活生生的“接力人”而已！我们可以想象在老人院，面对38个真实老人，将他们的年龄相加……

这3000年，出生了多少亿人？又逝去多少亿人？当前这个地球上大约60亿人，100年后，我们这60亿人全部不见了，而100年（100格）并不长久……

好了。我的荒唐想象，体现了一种简单而悲观的气质。

我对生命是有怀疑的，我一直瞧不起那些“积极的人”，以及那些“积极论调”，这些人和论调过于注重当前，而不注重整体。正是这些人和论调把世界闹得乱哄哄的，表面好像很崇尚“价值”，其实质又虚无得很。当我简单“回味”“最近”这 3000 年时，我怀疑，这个世界上真正积极的人可能正是那些懂得“悲观”的人，因为悲观会令他们平静，不至于把有限的生命投进无限的纷争中。

人们通常认为欧洲的中世纪是一段黑暗时代，但有学者认为，那时的人生活比现在平静、安宁、祥和得多，他们普遍有信仰,容易获得心灵的自足。也正是由于那时物质生活不发达，所以也无法产生大的战争。整个中世纪因战争死亡的人，可能比不上今天的一次局部战争。

我们不必站在目前的物质世界——以物质的眼光去衡量中世纪的物质生活，进而得出一个物质味甚浓的结论。

第五辑 为『摆脱』理想，行动

没有实在的行动，理想就是幻想。幻想会纠缠我们多久？

理想，在偏僻处转动

曹操说，夫有其志必成其事，盖烈士之所徇也。『烈士』，心怀壮烈，抱负远大之士——无论老少。

城市的一条偏僻街道上，每天下午都会出现一位老人，年近耄耋，还戴着老花镜坐在自家门前制陶。你看他凝神于转动的台架，两手细微而灵巧地运动，就像搂着一个娇柔的婴孩。再细看的话，你会发现他左手少了根小拇指。

这位老人不识字，但他是本市唯一的制陶艺人，名声远播，每年都有外国人慕名前来购买他的陶器作品。画报、互联网上，也不乏对他的介绍。

儿童时代，老人家贫，父母无力供他读书，他只能每天在田间干杂活。那里的乡野有好土，非常适合制陶器，这样的手工场有很多。耳濡目染，他对陶器产生了兴趣。可惜，手工场生产的陶器全部是生活日用品，盆呀、罐呀、尿壶什么的，廉价而粗糙，匠人们也没有出色的。他跟着照葫芦画瓢，只是弄出一堆小孩子的玩意。

到了少年时代，他觉得自己无法割舍对陶器的热爱，总想着造出真正的陶器，而不是盆呀、罐呀、尿壶。但是，这时的父母开始干涉他，认为这种雕虫小技不足以谋生、发展。他不听话，屡屡遭到父亲的打骂。一次，父亲盛怒之下，挥铁锹砸制陶的台架，他下意识地伸手去挡……左手断了根小拇指。

父亲过世后，他没有了管束，与母亲相依为命，不是日日在田间操劳，就是坐在家门口制陶。二十多岁了，还没娶上媳妇。母亲着急，托人说合，但儿子不务正业的“陶痴”名声已经在外，没有谁家愿意把女儿许配给他——而他本人根本就不在乎。

文革期间，一次市革命委员会搞农民艺术展览，选中他的一件作品，照片还上了报纸。这件事居然解决了他的婚姻大事——一位插队的城里姑娘倾心于他的艺术，嫁给了他。那时，他已经43岁了。

八十年代初，他随太太进城，住到这条小街上，每天还是在制陶。不同的是，他有了“市场意识”，陶器都是用来换钱的，因为太太一个人在工厂上班，难以养活全家。

又过去十多年，他的周围发生翻天覆地的变化——虽然他只认为自己是个制陶的工匠，但别人却说他是老艺人。他的作品越来越走俏，被作为艺术品陈列、收藏。他本人并不认为自己的作品值多少钱，但市场却把他的价格一抬再抬——有一段时间，他甚至为此惶恐：怎么，一个陶制的仙女能卖上 1200 块？！

他在不知不觉中获得巨大的成功。因为他的那些质朴、生动、精巧的作品在这个世界上是独一无二的，是任何人无法复制、模仿的。他的名字开始进入报纸、电视，他本人也不时被邀请参加这个会议、那个活动……

有人求教老人的成功经验，老人根本不知道如何向他解释，只是说："哎呀，我这辈子呀，也就是围着这个机器转呀转的……"

是的，就是这么转过来的——你围着一个理想转，世界最终也会围绕着你转的。

从白天到晚上的距离

我们的身体就像一座园圃，我们的意志，就是园丁。

白天，他是个磨镜片的工匠，技术还不错，可以以此谋生，他因此很满意。晚上，他就研究哲学，毕生写的书不算多，也不算厚——只有《论理学》《知性改进论》等几本——但都影响世界。他是荷兰人，一个追求心灵自由的人，叫斯宾诺莎。

他 12 岁就在印刷所当学徒、帮工，白天跟着师傅忙得屁颠屁颠，没人在意他，他也无所谓世界对他在不在意。晚上，他就不是学徒了，而是学生，读书，研究，进行自我教育。数十年后，他参与签定了一些划时代的文件，为美国人独立自主做出不可磨灭的贡献。他叫富兰克林。

白天，他是邮差、是搬石头的苦力，晚上，他是个自由自在的建筑师,运用自己的想象力建造城堡。他用二十多年寻找、搬运石头，被许多人看成疯子。可是，1905 年他成为法国的新闻人物，因为记者发现了他建造的那群特别的城堡，这个消息甚至吸引了毕加索来参观。他名叫薛瓦勒，他的城堡现在是法国著名的旅游景点。

上面提及的几个人不可谓不成功，但他们显然没有刻意去追求成功，而是安于平淡、安于冷清、安于孤寂、安于卑微。但是从结果来看，他们的平淡、冷清、孤寂和卑微却蕴涵着巨大的力量，正是这种力量将他们推上生命的某种高峰。

比尔·盖茨对我们中国人有个看法:“他们想的并不是‘白天我做理发师，晚上我去开发软件’。”是的，在这个繁华而丑恶的时代，我们大多被灌输了很强烈、很露骨的功利心，大家似乎都很急，对于成功，我们恨不得就在早饭之后实现。看看如今的图书市场，有多少“成功学”的“技术性”著作？看看如今的企业文化宣传，有多少关于成功的空洞口号？看看如今为就业奔波的年轻人，那渴望“光荣与梦想”的肤浅眼神！大家等不及了，在心浮气躁中失去了稳重和安宁。有多少人愿意真正坐下来，埋头于学习、研究、充实自己？好像成功与他的自身素质无关，而是一只大街上的苹果，只要你去抢，就能得手。

我们看不起卑微，我们蔑视起点。我们白天不愿做磨镜片的工匠，晚上却幻想着成为哲学家；我们白天不愿当学徒，晚上却幻想着做总裁；我们白天不愿搬石头，晚上却幻想住宫殿……我们都成幻想小说家了——可我们的文字功底呢？我们为什么不能一个字一个字地去书写成功？成功的确需要想象力，但不仅仅是想象力了。

也许，我们有时会自问：我们离成功还有多远？其实，这大约就是从白天到晚上的距离吧？在成功之前，你可以做一个工匠；在成功之前，你可以做一个学徒；在成功之前，你可以做一个搬运工……平淡、冷清、孤寂和卑微，是力量赖以成长的土壤，没有这个土壤，一切关于成功的理想，最终都是虚构。

你们竟称我为『天才』

正是对时间的运用，导致了『天才』与『庸人』的根本差别。

众所周知的例子是鲁迅先生——他的生命不比大多数人长，但他的工作量可能是大多数人的数倍，甚至数十倍。来自外界的敬佩与赞美可谓多矣，尤其是“天才”一说最有概括性。鲁迅先生对此的反应是：哪里有什么天才，我只是把别人喝咖啡的时间都用于写作了……

史蒂芬·金这个人大家也许不太熟悉，但在当今的美国乃至整个英语世界，他众多的长篇恐怖小说却赫赫有名，每一本书的印数都是“天文数字”，还被电影制片商热烈追捧。他最新构思的小说还没动笔，版权就被人以巨资抢去了。但这位“富翁作家”的清苦又不为多数人所想象：每天必写五千字，一年也只有圣诞节才自己给自己放一天假。

这样的例子数不胜数。要说对天才的理解，只有天才们自己最清楚，而且似乎会很一致。19 世纪的西班牙提琴家沙拉萨特曾对赞美他的人感慨道：“天才！ 27 年来，我每天都要练习 14 个小时——你们却称我为‘天才’？”

用市井语言来形容，天才简直都是些“玩命”的人啊！同样的一天 24 小时，在他们那里就难得轻松与闲暇。有时候，我们可以简单地认为：正是对时间的运用，导致了“天才”与“庸人”的根本差别。

『花脸桂子』玩泥巴

玩泥巴，与怀揣理想玩泥巴，是不一样的境界。在此，理想又一次显示了它的轻松愉快。

清朝末年，北京有位闲人，姓桂，旗人，喜欢京剧，是个铁杆票友，上台唱戏，会自己勾脸，技艺还相当不错。

由于对京剧的热爱，桂先生没事在家也喜欢玩玩——弄些泥巴，做成脸模子，晾干后，在上面描画脸谱。

他不但自以为有趣，还赠送亲友，大家也都说好。后来知道的人多了，还有上门索要的。桂先生干得不亦乐乎。大家送他一个雅号——“花脸桂子”。

清朝倒台后，“花脸桂子”作为旗人没了依靠，生活立即窘迫。无奈，他只好把闲暇时玩的“泥巴手艺”拿出去卖。在庙会等场所，像他这样做泥巴脸谱的人独一无二，生意居然相当好。再后来，他也不亲自出去卖了，在家做好后，交给“专卖店”，省心又赚钱。

既然这生意好，模仿的人很快“跟进”，这个手艺渐渐发展成一个行当，形成多种风格、流派。我每次去北京，常常能在街头发现这种泥塑脸谱。

导游告诉我这个故事时，说她的祖上在民国时代就是泥塑脸谱艺人，日常挑担赶市场。由于技艺好，上世纪五十年代，她的祖上被国家吸收进群艺馆。她说她很感谢这个姓桂的“闲人”。

有些学问就是“玩”出来的，这在艺术行当中尤其多。钱钟书说“大抵学问是荒江野老屋中二三素心人商量培养之事情”，这境界就很令人神往。如果学问能在这样的心态中展现色彩，那么“闲人”的称号似乎可改为“贤人”，哪怕他玩的是泥巴——玩到理想境界，就是在把玩艺术了。

人群趣味分类法

理论，可以有一套又一套的，但行动，基本只有一套。

傍晚，城市广场上来了一群学生模样的人，由一位教师带领，他们竖起一根三米高的竹竿，顶上用细绳挂着一套《红楼梦》；竹竿旁边立着一块大纸牌，写道：智力小测验——不倒下竹竿而获书者，奖励此书。XX 学校课外活动小组敬启。

很快来了一些看热闹的人，议论纷纷，觉得怪有趣的。而教师和学生们在附近坐成一圈，静观事情的进展。

看热闹的人越来越多，竹竿周围变得嘈杂了。他们抬头盯着书瞅，有的独自沉思，有的互相商量，但没有人想出办法来。教师对学生们说："注意观察，给人群分类。"

这时一个观众问："嗨，我说，我搬凳子来拿下书，算不算数？”教师点头笑道：“只要竹竿没倒，当然算数。”看客们大哗：“啊？这么简单？我以为好深奥呢！”于是散去一批人，但没有谁赶回家搬凳子来取书。

又一个观众问道：“是不是有更巧妙的办法？”教师回答：“应该有吧。但我们这里没有什么标准答案，也想请教大家，集思广益。”说话间，又聚拢一些看客，对着题目或沉思，或讨论。

时间就这么流逝着。竹竿依然稳稳地立在那里。教师对学生们说：“其实生活中的很多事情都像这样，看似简单，但一时就没有人办到。所以，即使简单，在没有办到之前，就是一种困难。”

说话间，来了一位拄拐棍的老者，看见启事，很高兴，问：“真的吗？这套书好啊，我倒是想要。”围观者起哄：“老人家，想要就拿去吧！”老者转身向旁边一个人借了支烟头，用线绑在拐杖头，举臂，烧断挂书的细绳——啪！《红楼梦》掉地下了。

教师和学生们热烈鼓掌，围观者哈哈笑，老者怪不好意思的。教师上前拾起书，亲手交给他说：“谢谢您，老人家，这书归您了。”在围观者或羡慕或奇怪的眼光中，老者拎着书走了。

收拾“实验器材”的时候，教师对学生们说：“大家看到了，围观者至少有五十人，大部分在看热闹；少数人想出办法了，却不实施；而最后付诸行动的，却是一位行动不便的老者。你们将来面对的人群，大体上也就是这三类。不要老是抱怨社会竞争激烈，从某种意义上看，那只是围观者在一旁议论纷纷时制造的假象。只要你愿意行动，即使自身条件像那位老者一样弱，也有可能收获最后的果实。”

这时一个学生提出别样看法：“老师，毕竟只是一套书的小诱惑，如果竹竿上挂的是金砖，我敢肯定，会有人抢着回家搬凳子。”教师一挥手：“错了！真正的行动者哪会那么迂腐？完全按照既有规则办事？——他会直接打倒竹竿！”

众人笑。

上面只是一个关乎“小利益”的故事。就行动者而言，当然要有三思而后行的准备，可思考成熟或接近成熟的时候，再不付诸行动，就很可惜了。世上有理想者众多，但实现理想者较少，或许，这与“行动”有关？

下去吧，你也下去吧

最终是谁叫你放弃理想的？责任肯定不在围观者，在你自己。

一次下大雨，体育课没法上，老师带我们在教室内做游戏。他在黑板上画了个圆，说：“谁再来添几笔，让人一看，就知道这个圆代表太阳？”

太简单了，同学们纷纷举手。老师随便点了一个人。这名同学兴致勃勃走上讲台，开始在圆圈周围添小线段，像太阳发出的光芒。不料，老师在一旁笑道：“第一笔就画错了！”这名同学一愣，怀疑地望着老师。老师说：“下去吧！”他就下去了。

老师擦掉小线段，回头问：“谁再来？”又一名同学大步流星走上讲台，拿起笔，开始在圆旁边画树。老师笑道：“有这么干的么？”这名同学也是一愣,既而回头瞅老师。老师说：“下去吧！”他也下去了。

第三名同学走上讲台，二话没说，随手在圆下画了道大波浪线，远远看去，像山上升起了太阳，但老师仍然摇头，笑他：“喔！哪会这么简单！”这名同学顿时失去自信，擦去波浪线，凝神思考。老师说：“快下去吧！”他垂头丧气地回到座位。

“还有谁想上来试试？”老师站在讲台上扫视全班，教室内鸦雀无声，再没人敢去“卖弄”了。这时，老师又笑了，笑得挺诡秘的，说：“好吧，请刚才那三位同学再上来一下。”

三名同学走上讲台，老师安排道：“你，负责说‘第一笔就画错了’；你，负责说‘有这么干的么’；你，负责说‘喔！哪会这么简单’……我每画一笔，你们都得依次将我教的话说出来，然后再齐声对我喊‘下去吧’！”

全班哄堂大笑，觉得怪好玩的，但不知老师的葫芦里卖的究竟是什么药。

工作开始，老师在黑板上画了三个大圆，然后在第一个大圆周围画小线段，体现太阳发光；在第二个大圆边画树，代表日上树梢；在第三个大圆下画波浪线，表示太阳出山……他每画一笔，旁边三个同学就按他所教的依次说——“第一笔就画错了！”“有这么干的么？”“喔！哪会这么简单！”“下去吧！”

一片嘈杂声中，老师终于画完了。他扔掉粉笔，回头对所有的同学说：“好了，画完了，请看，我是按刚才三位同学的构思画出来的，是那个意思吗？”

当然是那个意思——黑板上准确地表现出三个太阳。老师又说：“但是，这三名同学经不住我在一旁冷嘲热讽地打击，不敢坚持自己的想法，行动严重受扰，最终失去自信，放弃了……”

教室内很安静。老师最后说：“但是我坚持到底了，将太阳表现出来了。究竟是谁，叫你们放弃的？是我吗？我不得不向你们重提但丁的那句老话——‘走自己的路，让别人说去吧！’”

不过，我们也不能简单理解但丁的这句话，应该给它一个前提：三思之后，走自己的路，让别人说去吧……

回头，还是不回头

目极心更远……但，理想的目标，需要正确的方向感。理想尽可以浪漫，脚步却要踏实。

一位长跑健将告诉我：向目标冲刺的时候，千万别回头。

今年春天，省里举办一项大赛，他报了五千米长跑。当时，除了他，队伍中还有一匹“黑马”，两个人几乎不相上下。不是他领先，就是“黑马”超头，而第三名落后他们至少 100 米。

临近最后一圈了，赛场周围呼声此起彼伏，观众的目光全部集中在他与“黑马”身上。那时，他仅仅领先“黑马”约 5 米。正当他要鼓气加速的时候，“黑马”却开始冲刺，瞬间超过了他！眼看着 1 米、2 米、3 米——距离逐渐拉开，他急了！只有不足 300 米的跑程，必须夺冠！他心中暗暗使劲，但与前面“黑马”的距离似乎胶着在 3 米了，难以突破。

这时，他脑海中闪过当年教练说过的话：向目标冲刺的时候，千万别回头。为了夺冠，他大吼一声，向前冲！就在“黑马”回头瞥他的一瞬，他呼啸而过，甩掉“黑马”，直至终点！

另一位旅行家告诉我：穿越沙漠的时候，一定要常常回头。

去年秋天，他从银川出发，徒步穿越腾格里沙漠去酒泉。进入沙漠，已是第三天上午。平生首次走沙漠，没有什么实际经验。走到中午的时候，他回头仔细察看一番，忽然发现自己好像在走弧线，因为身后那坐小山仍然能看见，只是向北移动了。他赶忙掏出指南针，调准方向，继续前行。

他笑道：如果没有那次警醒，我最终可能返回银川！因为前面的沙漠茫茫一片很陌生，而身后的标志物却可以告诉我所走的路线是否弯曲。

两个人对“回头”有着截然相反的理解，只是因为——前者不回头，奔的是短距离目标；而后者回头，为的是更顺更快地获取远方的胜利。事情之成败，有时也就在这“回头”与“不回头”之间了。

两炷香，一块冰

苦心人，天不负，卧薪尝胆，三千越甲可吞吴。

为了完成先师夙愿，重塑菩萨金身，方丈派寺里的几个年轻和尚外出化缘。

月余，小和尚们陆续回来了，所得甚少，远远不够重塑菩萨金身之费。这样下去的话，不知要化缘到什么时候，况且，冬天来临，小和尚们都不愿再出去当“乞丐”了。

一日，方丈召集这些小和尚，到院子里询问情况。小和尚们纷纷诉说化缘之艰难——穷人相对善良慷慨，可能够给予的太少；富人虽然有钱，偏偏多吝啬，不愿解囊。

说话的时候，大家看见方丈稳稳地盘腿坐着，袈裟拖在地上，罩住了下半身。旁边是一炷香在缓缓燃烧。天气寒冷，每吹过一丝微风，小和尚们都禁不住缩缩头。

方丈看着他们微微笑，说：“重塑菩萨金身乃我寺一大盛事，并不为求人间名利，化缘也不是当乞丐，你们真正怕的不过是肉身奔波之苦罢了……”小和尚们面面相觑。方丈拿起茶杯轻啜一口，对旁边一个小和尚说：“看，这炷香快烧完了，换一支。”

小和尚们又七嘴八舌地谈求富人之累，常常没靠近大门，先有恶狗冲上来狂吠，接着是家丁的呵斥。等到见了主人，又得忍受百般盘问、羞辱，等他相信你是个真正的化缘和尚时，他又会向你哭穷……

方丈依然微微笑着倾听，一边不时地轻啜一口香茶。他说：“化缘之难可以理解，不过，你们所求是为了重塑菩萨金身，心中有佛怕什么难？其实你们没有放下那颗俗心，只想维护自己的面子，结果半途而废。其实，既然求了人，就该一求到底，实在不行再放弃也不迟……”

说着说着，小和尚们都冻得吸鼻涕了。眼看第二炷香也快烧完，这时，一个小和尚惊讶地叫道：“师父，你的袈裟湿了！”

方丈低头看看，站起身，离开刚才所坐的地方——那里是一个木凳，凳子上放着一大块厚厚的冰，冰面已经被方丈的体温融化出一个大大的窝。

方丈没再说什么，朝庙堂走去。小和尚们无言，默默散开，各自去收拾行囊，当天就出去化缘了。

身教本就胜于言传。如果言传身教并重，更是无坚不摧。老方丈虽然没有精力远行，但他通过这样的方式，似乎更有感召力量，将美好理想稳妥地安置。

显眼的，都不算障碍

巴尔扎克说：『没有伟大的意志力，就不可能有雄才大略。』

“也许他们会给你一个任务。”教授说。学生就要毕业，面临就业竞争，大学搞了一个拓展训练，由这位社会心理学教授指导进行。“比如说这个任务是要你擦后面的黑板——简单吧？”

学生们严肃地坐在下面认真听。教授扫视一圈，指着一个男同学说：“你，去完成这个任务吧。”那男生不好意思地站起身，挠挠头，不想动的样子。“好了，你下岗了。”教授轻松地说。学生们哈哈笑起来。那男生赶紧说：“我去，我去。”教授也笑了：“是的，你的自尊受到第一次打击，你要知道，在这个社会上生存，应‘莫因善小而不为’——是你的工作，就别论它的大小，要敬业。这是第一要义。”

看着男生向后面的黑板走去，教授指着一位漂亮的女同学说：“行动吧。”女同学勇敢地站起身，拦住那位男生：“别走，你还记得我吗？”男生一愣，习惯性地挠挠头。同学们又笑起来，场面轻松而愉快。男生问：“有事吗？”女生说：“你不是答应我一起去深圳吗？”男生扭头望望教授，显然，他识破了，这是教授的“安排”。女生拽住男生胳膊：“走吧。”男生茫然不知所措，尴尬地站在那里。女生就拖着他，向教室门外走去。

刚刚走到讲台边，教授下令：“停！”女生放下男生胳膊，有些害羞地跑回座位。教授瞪着那个男生，喝问：“到哪去？！”男生急忙指着女生：“是她拉我的！”哄堂大笑！教授厉声道：“我要你擦黑板！那漂亮女孩只是你的一个障碍，记住，只要你的视线离开目标，所见一切都是障碍——这是第二要义。好了，你再次下岗！”男生慌忙摆手：“不不！我这就去擦！”说着，一溜烟跑向后面的黑板，四处瞅瞅，没有黑板擦，只好随手抓一张废报纸，胡乱擦一通。

教授得意地站在讲台上微笑，一直看男生擦完，回到座位上。然后，他指着黑板说：“大家看吧，那黑板擦得怎么样？”同学们笑了，教室里嗡嗡有声。教授一拍讲台：“注意了，这样的工作，不干也罢！简直瞎胡闹嘛！既然要擦黑板，至少得先找个黑板擦吧？记住，在完成工作之前，你可能得先分解目标，确立步骤——这是第三要义！”

教室里很安静。教授点燃一支香烟，继续说：“如果你们连擦黑板这样的工作都做不完美，呵呵，那……当然，你可能会因运气而得到一份工作，但你不能再凭运气保住它。”同学们在下面嘀嘀咕咕，显然，这堂简单而生动的课打动了他们。随后，教授对刚才的两名学生点头示意：“谢谢你们完美的表演，如果我是大导演，你们已经成功了。”

为达到一个目标，我们必须面对一些障碍。运动场上的障碍很醒目，但通往理想的障碍，很多都在我们自身——甚至就在我们眼球后面那一点地方藏着。

分泌汗水，还是泪水

人得有个理想，因它痛苦时——就流汗去吧，没什么好悲伤的……

当年我有个女同学叫沈辛，在班上一向沉默寡言，胆小怕事，即使班主任都不太了解她。

1990 年，她没有参加高考，就回家结婚了。后来我们才知道，她是因为家境太贫困，需要嫁给一个商人，也好供弟弟将来上大学，对此我们十分痛心。

1996 年，我偶然遇见沈辛，惊觉她沧桑得过分，哪里像我们同龄人？在她闪闪烁烁的言辞中，我大致了解一些情况：前几年她丈夫暴病走了，再婚后，因丈夫行为不端，仅一年又离了婚。现在，她带着 5 岁的儿子住在娘家，父母疾病缠身，生活负担极重。

据知道内情的老同学说：沈辛一直没有工作，原先的商人丈夫死后，没能留下家业，倒是欠了不少债务；而第二任丈夫又挥霍了她仅有的积蓄。前两年，为了孩子上幼儿园，沈辛还悄悄找过几个老同学帮忙，哭得那个场面——令人心如刀绞……

以上是沈辛 1996 年之前的基本状况。今年老同学聚会时，沈辛从广州赶回老家，事情已经戏剧般地改变了，似乎可以用“衣锦还乡”来形容她。

1997 年夏天，沈辛父母先后病故，弟弟因没钱上学，早已出去打工了，除了将 6 岁的儿子托付给一位亲戚照看外，她在老家就没有什么好挂心的了，于是只身去了广东。

沈辛在饭桌上说：“我从 1990 年开始，断断续续哭到 1997 年夏天，才决定不哭……”

起先，她在一个小镇服装厂打工。干了两年，学了些缝纫、裁剪技术。1999 年秋，广州一家私人服装学校需要一名教师，因内部有老乡照应，她很幸运地成了“白领”。在一年多的教师生涯中，她结识不少人，眼界打开了，思维方式也起了变化。

“所以，2000 年冬天，我应一个朋友的邀请，与她合伙在广州开了家小裁缝店，专门为青少年和年轻的上班族定做富有个性的衣装，比如流行影片中的服饰、著名卡通人物的穿戴……”

她们的工作很快就有了市场基础，甚至有电视台、电影剧组找她们定制演出服装。2001 年底，合伙人出国了，店铺整个盘给她，她成了小老板。

“2002 年，我将儿子接到广州上学。到如今，我的事业一直很红火，心基本上安定下来了……”沈辛欣慰地说。

此时的她，比我 1996 年遇见时还要显得年轻。我相信，精神在一定程度上可以改变肉体面貌。沈辛给自己的生活总结是这样的——

人得有个理想，因它痛苦时，你既可以分泌泪水，也可以分泌汗水，如果泪水不能解决问题，那么，从此以后就流汗去吧，没什么好悲伤的……

机会就像打地鼠

想抓住眼前的机会，是容不得我们先练习的。工夫在平时。

在商场的游戏大厅，我看见几个少男少女正玩“打老鼠”——一排共六只橡皮鼠，在洞内伸头缩脑。第一局，橡皮鼠伸缩的速度比较慢；第二局，橡皮鼠伸缩的速度比较快。看谁打中的次数多，就赢了。

有一个胖男孩叉着腿，将老鼠打得“砰砰”响，50 次，他打中了 48 次，得分最高。第二名也是个男孩，但只打中 41 次。他们聚精会神的紧张模样让我觉得有趣。有一个女孩在打老鼠的时候，总是顾此失彼，或眼快而手慢，最后懊恼地得了 35 分。胖男孩提醒道：“不要总是盯着一两只老鼠，打过就收手……”

作为一个旁观者，我觉得这游戏再简单不过了，看着他们的失误，我都着急，手痒得很。等他们走后，我立即上去一试身手。

橡皮鼠的伸缩没有规律，但它们的速度快不过我的目光，特别是第一局，我的手基本没有落空。第二局是很紧张的，因为橡皮鼠伸缩不仅快，而且会同时伸出两三只，这就要求我不仅眼快，更要手快——结果，我就在快中手忙脚乱，打偏、打空许多老鼠。最后，我得了 32 分。

我笑了，连得分最少的那个女孩也比我强。游戏的简单与否，取决于是旁观，还是实践。

如果把这六只橡皮鼠比作世人渴求的“机会”的话，我们可以得出几个简单结论：一，机会在这个世界上肯定是存在的；二，机会肯定会在不同的时间以不同的速度（面目）忽然出现的；三，面对机会的人必须眼光敏锐；四，面对机会的人必须行动迅速、准确。

出商场时，面对大转门，我忽然又想起机会：转门的空档来临时，你必须迅速挤进去，如果错过这次空档，你还可以等待下一次机会——前提是：一，你必须在场；二，你必须保持一颗准备的心。

唯一与上述结论不同的是：在这个世界上，想抓住眼前的机会，是容不得我们先练习的。

窘迫，一个理想的起点

想要在竞技场上留下的人，只有不怕伤痛去搏斗。

为了挣学费，他从大一就开始做家教。每周用四个晚上跑三个家庭，累得够戗。但想想面朝黄土背朝天且疾病缠身的父母，心中就油然而生力量。以后的日子里，他不但挣够了学费，还可以不时给家里汇去一点钱。

大二那年，他终于累垮了，学业也严重退步。他意识到自己在舍本求末，但没有钱这个“末”，学业这个“本”也难保。就这么熬进大三，学业总算补了上来，而钱又成了燃眉之急，还是得花时间勤工俭学。

恰好这时有一家民办夜校招聘业余教师，专门培训电脑人才，与他所学专业对口，他急忙前去应聘。基于以前的教学经验以及厚实的电脑知识，他被录用了。

半年的业余教师生涯，使他接触到多种阶层、行业和年龄的“学生”。他发现：由于夜校电脑设备不足，这些学生难以充分学习实际操作——能否与一家电脑销售公司联手，他们提供电脑，我们提供潜在的客户？

果然，一家电脑销售公司对他的建议很感兴趣。合作伊始，就产生很好的效果——许多学生因为信任，毕业时纷纷向这家公司预定或购买电脑。公司很快决定聘用他为业务代表，负责这块市场的开拓。

当时，由于电脑的普及，互联网已经开始走向百姓生活。他意识到：仅仅讲授电脑基础知识并通过它销售产品已经不够，如果将网络技术充分应用起来，可能会有广阔的商机。那时他已经大四了，学业相对轻松，又面临找工作，所以他决定通过夜校寻求成功的途径。

夜校认为他的关于“网络普及班”的计划富有建设意义，且切实可行，很快进入操作阶段，并聘请他为副校长，年终按该班所获纯利润的 40% 给他奖金。

开班后，市民中的年轻工薪阶层一时趋之若鹜，一个班远远满足不了需求，后来陆续开设到 6 个。学员如走马灯来去不息，仅半年，该班为学校创造利润十多万元。夜校决策层认为前景一片光明，与他商量进一步扩大规模，将整个学校改成“网络普及夜校”，并要求他将自己的奖金按照“入股”形式全部投入。他沉浸在胜利的喜悦中，毫不犹豫地点了头。

不足一年，由于城市里“网吧”遍地开花，“网络普及夜校”渐渐门可罗雀，原先投入的资金、设备又大幅度贬值，学校几乎面临亏损，而他个人的奖金则全部泡汤。

“副校长”做不成了，但他没有失望，而是揣着仅有的几千元积蓄，急匆匆地踏上火车，来到西部一座中等城市，找到原先的一个夜校学生——如今的一家电器公司经理，详细谈了“网络普及夜校”的兴衰经过，指出：趁这个西部城市还没有普及互联网之前大干一场，只要两年，必有大收获。

经理对他的情况有所了解，也同样看好这个前景，一拍即合，又一家小规模的网络学校成立了，他任校长。“开学”不久，学校的名声随着学员的增多而渐渐远播，连附近小城镇也有许多人赶来开眼界和学习。

这次他紧紧盯住市场，平稳操作。快到两年了，他及时“刹车”，圆满完成办学工作。按照当初合同条约，他怀揣二十多万元与电器公司经理握手告别。

如今，他在南方站稳了脚跟，也成了一家电器公司经理，事业如日中天。

回味过去的经历，他对“成功”这个词有颇多感慨——在事情没有落幕前，成功只是眼前的那一刻，是相对的；成功那一刻，往往离失败最近；所以，成功这一刻不是结果，而只是导致未来的成功或者失败的一个因素。真正的成功者，不是为了成功那一刻，而是抓紧眼前这一刻。就多数成功者而言，往往都是被最初的窘迫逼着，一步步走向成功这一刻！

垃圾箱边的对话

扼杀了理想的人，才是最恶的凶手。

黄昏的城市街头，人来人往，车如流水马如龙。一个失魂落魄的青年在晃荡，另一个穷困潦倒的老人在翻垃圾箱。他们无意中对视了一次。

青年走过老人身边，怜悯地扔下一块钱。老人捡起钱，抖一抖，望着青年的背影："喂！"

青年回过头，漠然地看着老人。老人走过来，还钱。青年诧异地瞅老人，没有伸手接。老人仿佛自言自语："算啦，我要了，谢谢你的好心。"青年莫名地笑笑。

"你，心情不好？"老人问。

老人的言语与其身份不太和谐——沉默多日的青年忽然

产生聊天的兴趣：“失业了。”

“第几次？”

“第九次。”

“无可投靠？”

“一无所有。”

“愿意跟我捡‘资源’吗？”

青年有些糊涂，愣愣地瞪着老人。

“资源。”老人指指垃圾箱。

青年明白过来，开心地笑道：“你很风趣。”

老人宽容地笑笑，出示一叠硬纸板，说：“它们是放错了地方的资源，你可能也是。”

青年仿佛震了一下，又仿佛还有些恐惧：“您，到底是干什么的？”

“捡资源的，或者说拾破烂。”

青年好像不信。老人又说：“我读过书，也当过商店老板，吃、喝、赌，犯罪坐牢，现在悔过自新了，想积累点资金，准备晚年继续当老板呢！”

青年瞪大眼睛……

“我老了，但也是资源，我有用的。”老人满怀希望地说。

青年向老人鞠一躬，转身跑了。他清楚：他比垃圾箱里的“资源”更堪称资源。他一辈子也不会忘记这次垃圾箱边的对话。

这个青年就是我表哥，如今开电器小公司，挺忙碌的。

一旦失却理想，难免自轻自贱。找不到合适的位置，人的价值就很渺茫。但这些最终都不能证明：你是“垃圾”。

看，老鼠能爬多高

游戏人生，绝非理想的生活。当生存考验我们的时候，游戏不提供答案。

以前，我家住宅中间有个小小的院子，东西两边是墙，约 2.5 米高，其中西墙角放了张旧桌子。家养的小猫咪常常跳上桌子，纵身至窗台，再一跃到墙头晒太阳。

一天下午，母亲在院子淘米缸，忽然发现有只老鼠藏在里面，吓得尖叫一声。老鼠“噌”地跳出来，四处乱窜。我赶紧关上门，又用砖头堵住下水道口，说：“叫咪咪来逮捕它！”

小猫就在厨房。看见老鼠，它两眼放光，头伏地，神情紧张而严肃。老鼠躲在墙角绝望地颤抖。我决定袖手旁观，由它们玩去。

就见小猫猛地一扑，老鼠闪身，“哧溜”一下跑到另一个墙角。小猫再一扑，老鼠“哧溜”——又飞快躲过。连续扑了几次，我发现：原来小猫依仗在院子里，想玩个“瓮中捉鳖”，并不急于抓住老鼠。

真有趣！我在一旁看得兴致盎然，叫道：“咪咪加油！鼠鼠加油！”这边老鼠“吱吱”叫，那边小猫“呜呜”吼，场面危机四伏，扣人心弦。忽然，小猫一纵身——扑、转、拍，只见老鼠一个翻滚，终于被小猫按在地上。正当小猫伸嘴准备咬住老鼠时，老鼠竟然扭身挣脱了！如脱弦之箭射向旧桌子，在桌腿前一跳，前爪搭桌边，翻身上了桌面；当小猫追上桌子时，老鼠竟然又一跳，像块大泥巴一样贴在院墙与屋墙的夹角——不知它四条腿是如何运作的，嗖嗖嗖！一路往上爬；小猫在桌子上连跳两次，也没能准确地打下它！

眼看老鼠快到院墙头了，而小猫也上了窗台，准备纵到墙头堵截，这时老鼠抢先一跃，在墙头一闪——没了影子！小猫孤零零的身影站在墙头，左右观望，咪呀咪呀地叫，却不再有任何指望……

这是我少年时代遇见的一次趣味场景。当时，我很震惊那只老鼠竟然有如此高超的爬墙本领！仅几秒钟就甩开一只虎视眈眈的猫。

长大后，我连续十多年为生存而搏斗的时候，才体悟：老鼠之所以胜利，猫咪之所以失败，原因是——一个为了生存，一个为了游戏。

骡子一生能走多远

凡事皆从动而生，动而成者；未有不动而生，不动而成者。（《履园丛话》）

那头骡子两岁时来到我外公家干活。外公是开豆腐坊的，每天磨黄豆全依仗这头骡子。

小时候，我很喜欢这头骡子，因为它看起来就很老实、很憨厚，比如说我将青草包上尖辣椒喂它，它一口就衔住咀嚼，然后“呼哧呼哧”地吐，逗得我哈哈直乐。有时候我还趁停工时爬上它的背，喊：“得儿——驾！”像骑兵一样挥舞着棍子。外公看见了，会厉声喝道：“下来！叫骡子歇歇！”

骡子十一岁时，长得越发高大。那时，我也上初中了。每次去外公家，我总是不忘与骡子耍耍。这家伙通人性，见到我也很高兴，用鼻子连续喷气表示欢迎。它的工作室一直是那间土墙小屋，围绕磨盘转圈子。仔细观察的话，你会发现磨盘周围的地面明显凹了一圈，是骡子常年累月踏出来的——为此，地面还垫过几次土呢！

当年考高中，我的成绩不理想，上不了重点中学。那天在外公家，父亲批评我说：“不好好学习，你将来想干啥？只有当个骡子！”我向豆腐坊望去，那头十四岁的骡子正“踢嗒、踢嗒”地围着磨盘转，眼睛被蒙住——我的自尊心很受伤。也正是从那时起，骡子在我心中失去了尊严，它就是一个工具，一个奴隶，一个没有智慧的可怜的动物。

大学落榜那年夏天，我很沉闷地来到外公家找表弟们散心。傍晚的时候，随他们牵着骡子出去吃草。夕阳无限好，只是近黄昏。骡子比较老了，十七岁了，牙齿泛黄了。我默默地瞅它，心中很压抑。

当兵退伍回家后，我又去外公家玩耍，第一眼就看见骡子卧在院东角的草棚下。我问外公：“它怎么不干活？”外公说：“骡子二十岁了,前几天‘退休’了,有一匹驴子接了它的活计。”我到骡子身边蹲下，发现它的眼光很安祥，牙齿落了几颗。的确老了，它在我外公家工作了整整十八年，它的一生基本上就搭在那间作坊里。

意外发生在第五天晚上——骡子忽然病了，发高烧，身体颤抖。外公彻夜不眠，在草棚里陪伴骡子，做护理工作，还不住安慰它说：“老伙计，不要紧，天亮就叫兽医来给你打针。”

但天亮的时候，骡子也快不行了，躺在稻草上口吐白沫，有出的气没进的气。那时的外公似乎换了个人，腿脚麻利，打热水、捣草药，服侍骡子，忙得团团转，还不让小辈们乱插手……

太阳高高挂上树梢，骡子的头却永远地耷拉下去了。那一刻，我外公老泪纵横，抚摸着骡子尚存余温的肚皮，哽咽不止。我外婆去安慰他，他说："就在草棚下挖个坑，埋了。"我舅舅很不解："埋了？肉可以吃！"我外公抓起一根木棒，甩手扔过去，吼道："它一生为你们走了多远的路程！"

我十分惊讶和感动。当时我就去作坊里，量出绕磨盘一圈的路程是 15 米，骡子每分钟至少走 6 圈，每天走 6 小时，整整走了 18 年（每年实际工作日约 300 天）——列出算式是这样的：15 米 × 圈 ×60 分钟 ×6 小时 ×300 天 ×18 年 =174960000 米，约十七万五千公里。

绕地球一周也不过四万公里，所以，我偷偷哭了。

骡子的生活不是为了教育人，但作为人，我不能不看到：即便一头骡子，终生在那么一间小屋子，做那么一件事，重复，重复，再重复，最终得出一个人们意想不到的天文数字！如果人们都能够有骡子一半的辛劳，他们生活，他们的理想，也许都会绽放惊人的绚丽吧？

第六辑 可爱的理想主义者

理想主义者的生活，总有那么多的光明，那么多的温暖，那么多的奇迹。

蔑视岁月的老小孩

李贽在《焚书》中说：『能自立者必有骨也！』

我站在窗边看风景的时候，巴士发动了，车厢喇叭同时响起："乘客们，你们好，请给老年人、孕妇以及怀抱婴儿的同志让座……"就在这时，一位老先生从我身边挤了过去。

离我两步远的地方坐着一名小伙子，他抬头看了看老者，微笑着说了声什么，就要起身。老者一把按住他，大声说："我不坐！给老年人让座，干嘛让给我？"我吃了一惊，仔细打量老者：头发似乎染过，脸膛刮得很干净，只是那些皱纹无法掩饰岁月划过的痕迹，还有他的腰背……

小伙子显然愣住了，片刻，尴尬地笑笑，想坐又不敢坐的样子。只见他嘴巴嗫嚅着，又说了句什么。老者一下子变得很生气："谢谢你啦！我不是老年人——人不可貌相，我身体好着呢！不信，我站十里路给你看看？真是……"

周围的乘客有人偷笑。这位老人家挺任性，蛮可爱的。岂料喇叭接着又广播一次："乘客们，你们好，请给老年人、孕妇以及……"

小伙子此时内心活动也许挺矛盾：再怎么着，他还是位老人家，站在自己座位边，看着实在过意不去。于是，他又起身了，只是这次没向老者说什么。老者一把按住他："我说小伙子啊！你不需要给我让座嘛！"小伙子脸微微泛红，一副害羞且善良的神情，说："老人家……哦，老——大叔……我，就要下车了。"老者越发不快："什么下车？我就知道你要给我让座，我偏不坐！"

周围的人终于哈哈笑开了。

小伙子窘得没地方躲，而老者的脸红得像关公，气呼呼地扭头看看周围人。我赶紧垂下眼帘，免得遇上他的目光，让他产生误会。

就在这时，惊人的场景出现了——老者抓住小伙子的胳膊，非得按他坐下去，还说："好小子，我真的谢谢你，不过，别把自己的座位丢了。"小伙子只得顺从地坐下。

又到站了，巴士缓缓停靠。小伙子抬起头，请示似的望着老者："我，真的要下车了。"老者看看他，似乎在鉴别真假："真要下？那好。"小伙子"噌"地逃离座位，一头冲下车门。

老者扭头看看小伙子的背影，这才美美地坐下，一副心安理得的样子。

忽然，旁边一个胖胖的中年汉子“啪啪”地拍起巴掌，嘴角微露笑意，眼睛却不看老者。大家会意，跟着“噼里啪啦”拍起来。老者奇怪地瞅瞅大家，将目光转向车外。车厢内洋溢着一股暖意……

这位可爱的“老小孩”，以其强烈的理想主义精神感动了全车人。他老了，但，他依然是强者，而强者永远显得年轻……

有牵挂的生活

真正慈善的人，也顾不上唠唠叨叨，他默默地做着仁慈的事情。(《克雷洛夫寓言》)

老俩口在大学教了一辈子书，获得过数不清的荣誉，可是，晚年失去了唯一的儿子，而且，儿子没有给他们留下后代。这是人生的大悲哀，他们承受住了。退休后，老俩口日日在家读书、著作，过着平静、安详的生活。

住宅区基本上是水泥和墙构成的，人与人之间甚少交往。对于老人来说，这是痛苦的。而这老俩口子又不喜欢唱歌、跳舞、舞剑、打牌、下棋，即使在退休老人圈里，也是孤独的。他们一直这样深居简出，与世无争。人世于他们而言，就像一道远处的风景，偶尔看看而已。

这样的日子流淌得几乎没有时间概念。有一次，老俩口居住的楼前来了个中年女士，急切地打听他们是否还活着。她自我介绍说是两位老教师单位的会计，已经几个月没见他们去领退休工资了，电话也打不通。邻居们很紧张，因为，他们对这两位老人所知甚少，最近好像也没看见他们。于是，他们一起上楼，打门。

一会儿，门开了。老夫人站在门后，惊奇地打量着来访者。会计松了口气，问他们为什么不去领工资。老夫人热情地请大家进去坐，叫丈夫出来会客。他们非常抱歉地告诉会计："之所以没去领工资，是因为忘记了，总觉得刚领工资回家没几天。"至于电话打不通，老俩口回忆说："遭受了一次莫名其妙的骚扰，就把电话线拆了，而后来又忘记把它再接上。"

邻居们深感不安。看样子，这老俩口已经失去了"真正的生活"。没有时间概念，还叫"生活"？看看他们客厅里的钟，足足差了七个小时！他们每天究竟在干什么呢？可是，老俩口对此一点也不觉得不正常，相反，他们活得充实，因为一部论著最近就要完成了，老太太为此还自造了点米酒准备庆祝呢！当大家要求他们经常与社会接触、建立退休后的精神生活时，他们很兴奋地拿出一盒子单据，说："怎么没有和社会接触？我们心里牵挂着多少娃娃！"

那是百十张捐助贫困儿童、大学生读书的单据，将近十万元！老太太说："我们每个月都与这些娃娃通信，督促他们学习，给他们解答难题，我们是教师啊！我们心中有多少牵挂！我们比退休前还忙啊！我们活得可滋润呢！不要担心我们……”

是啊，不用担心这样美好的人，相反，他们还担心着世界呢！他们的理想远远超越世俗生活，在天使的纯洁境界游荡，是那么年轻。“老骥伏枥，志在千里”——他们应该是我们年轻人的榜样呢！

改造汉字的少年

即使青春是一种错误，也是一种迅速得到纠正的错误。

下面的文字肯定是有趣的，因为它讲述了一个少年宏大而幼稚的梦想。那是在他16岁的暑假，由于害怕父母偷看日记，竟然萌生改造汉字的念头，并且，他做到了。

他先是将最常见的几十个汉字偏旁部首转换成其他符号，例如“张”——“弓”用“G”代替，“长”用“2”代替，那么，“张”就变成了“G2”。“树木”在他写来是这样的“H8K H”。他很激动，因为将一篇短文改造成自己的“文字”后，他看见了崭新的风景。这个风景相当于今天电脑乱码造成的一篇文章——没有任何人能看懂。所以，这个少年获得了前所未有的安全感。

这个少年就是我。我至今记得当年制定的那些符号，有英文、日文、韩文、俄文字母，有阿拉伯数字，有自造的符号，总数达 180 余种。这个浩大的工程花去我整个暑假的时间。原先，我以为几十个符号就够了，但到了应用时，发现：很多汉字仅仅改变一个偏旁部首的确令人难以辨认，但组成一篇文章，却能够联系上下文猜出它的意思。所以，180 余种符号的出现，其实是我的无奈之举。它们决不是一朝一夕就可以记得的，为了熟练运用，我每天要用两个小时写日记、阅读前面的日记。长期以往，我的写作能力意外地获得了进步。

开学了，我回到远方的校园，看见老同学，真的很想炫耀一下，但是我忍住了，我想听见他们的惊叫——第一天上晚自习，我将日记本光明正大地摆在课桌上，然后假装出去散步。回来时，果然看见几名同学围在那里唧唧喳喳、指手画脚。那样一篇篇“乱码”，让他们欣喜、惊奇。我很得意。同为少年的他们，被我的幻想征服了。没有人认为我闲极无聊，更多的却是钦佩。

很快，我的“发明”传遍全班。那段时间，不时有同学前来参观我的日记本。最后，连老师也知道了，看了“乱码”后，他很不高兴，在一次班会上不点名地严厉批评道：“有的同学，不务正业，将伟大的汉字用于儿戏，像什么话！”那时，全班同学的目光都转向我，我羞愧难当，只恨没有地洞钻进去。同时，我也对老师产生了敌意，将他的名字用我的符号写成“NC6 JJ 54T”，然后再叉掉它。

进部队后，这些符号再次显示了它对我个人的意义——那样的集体生活，几乎没有隐私可言。一次班长检查内务，翻看了一名战士的日记本，对其中的牢骚大为光火。班务会上，这个战士挨批了。我在底下暗暗庆幸，因为凡是涉及“不健康”的内容，均被我转换成“乱码”啦！随便谁去看我也不怕！

又十年过去了，我发现：我的日记中好几年没有“乱码”了。难道我没有隐私了吗？不是的，真正的隐私全被我藏在内心深处了，而日记则成为流水账，叙述的是平淡无奇的时光。而少年时代的隐私，在今天看来，简直是一幅幅纯洁的青春速写。是的，在我内心真正充斥着“乱码”的时候，我的日记中反而没有“乱码”了——那个改造汉字的少年已经不见了。

人之初的梦想，其实很接近理想。尽管有些幼稚，尽管像一种激情，但不要嘲笑它，让它生长，让它幻化，最终，梦想可能会化蝶为理想。

信任是一把钥匙

言而信，未若不言而信；
行而谨，未若不行而谨。

当警察找到他调查情况的时候，他十分震惊："不可能，他们怎么会是江洋大盗？"

两个江洋大盗就住在他对门。一年前，一对兄弟通过房屋出租广告找到他，要求租用对门楼房。他们看样子只有二十来岁，衣着土气、朴素，神态机灵但不油滑。签定协议的时候，他要了他们的身份证登记，知道他们分别叫李大和李二，来自乡下。他问他们在城里做什么工作，他们说是搞"修理"的。房租每个月500元，当时的兄弟俩最多只能预付300元，他们恳求他能宽限一周，他爽快地说："出门在外不容易，这300元你们留着周转用，十天后再付足房租吧！"兄弟俩连连表示感谢。之后，他坦然地把房门钥匙给了他们。

十天后，兄弟俩如约付足房租，从那以后，就没再拖欠过。

平常，他与对门没有交往。因为他上班比较忙，晚上回来后还要闭门读书。除了每月收房租，与对门兄弟俩基本见不上面，至于他们究竟在干什么，他从来不关心。

只有一次，因为意外，他对这兄弟俩产生了良好的印象：那天傍晚，他回到住处，准备开门的时候，他发现钥匙不见了。他的头“嗡”地一声，坏了！钥匙丢哪里去了？这可是防盗门呀！就在他束手无策的时候，对门的门开了：“你在找钥匙吗？”他一惊：“是呀？”李二揉揉惺忪的眼睛，伸手递过一串钥匙——他大喜过望——正是他丢失的！李二简单解释道：“是早上从你门前捡的。”他深表感谢。

进门后，他特意看看书桌：那台笔记本电脑好好的。他又翻开桌子上的《辞海》，里面的一千八百元现金也好好的……是啊，能遇上这么好的房客住对门，何尝不是一种幸运！

所以，当警察告诉他，这兄弟俩因为在一年里涉嫌盗窃30辆摩托车而被捕时，他真的不能相信！他诚恳地告诉了警察上面的故事，警察却说：“兔子不吃窝边草。”

数月后，他得知李大和李二被判刑进了监狱。

一晃四年过去了。一天，他在菜市场买鱼，卖主是个黝黑的乡下男子。他掏钱包要付款的时候，那男子笑了：“张师傅，这鱼你就拿回去吃吧，是我自家养的。”他一愣，瞅瞅卖主，并没想起来他就是原先的“对门李二”。四年了，他变化很大。

听完李二自我介绍后，他非常激动，就问起四年前的事。李二说他哥哥还在服刑，因为他是“从犯”，所以判得轻，出来得早。他埋怨：“当初为什么干那种事呢？”李二愧疚地低头道：“因为打工老是拿不到工资，又得为家里还债，还要为结婚筹钱，就和哥哥一起铤而走险了。”他回忆起那次丢钥匙的事，李二说：“张师傅，你是好人，所以有好报。”

临走的时候，李二忽然说：“张师傅，我和我哥以后不会再做那种人了。我有鱼塘，等他回来一起干养殖业，能糊口就行。”他的心一阵酸楚，又蹲了下来，说：“这个，我相信你们，肯定能干好。”李二摆弄着手上的小秤，说：“张师傅，其实我觉得，这世上有一些像我一样的坏人，本性是不坏的。我记得小时候一次闹旱灾，村里的羊没水喝，就把一个正在生小羊的母羊给撕扯了，是母羊的胎胞血水引起的。在干旱的时候，羊都能变成狼……但，其实，羊，不是，狼……”

他看见李二的眼睛里充溢着泪水，他只好告辞。一路上，他的心情万分复杂。他老是回忆起当年李二还他钥匙的情形，以及桌子上完好的笔记本电脑和《辞海》里的一千八百元现金。当年，他出于信任，提前将对门钥匙交给兄弟俩使用；今天，他决定再次信任他们——他们的本质是羔羊，上帝必然要指引他们回归正途。

人与人之间就是这样，真诚与信赖，永远动人，具有不可言喻的力量。信任像一把万能钥匙，可以打开世人的万千心锁。

纯粹的欢乐

快乐秘诀：让你的兴趣尽可能地扩张，让你对人、对物的反应尽可能出自善意，而不是恶意的兴趣。

一个秋天的下午，我在城市边缘的大道上漫步，看见前方有四个人正弯腰找东西。当我走近的时候，忽然听见他们齐声欢呼，神情激昂，争先恐后地朝着一个方向冲去。我很好奇，加快脚步，近前一看，原来他们在抢橡子！

我笑了，因为这四个人中有三个看样子是中学生，而另外一个是颇有知识分子风度的老年人，每人拎着个小塑料袋，里面已装满一半褐色的橡子，不知道要做什么用？而且，争抢过后，他们又继续弯腰在地上寻寻觅觅，很专注的样子。在他们的感染下，我也加入找橡子的行列。

秋天的林荫道上铺了厚厚一层金黄色树叶，举目四顾，一片安静祥和，空气里流动着植物的清香。说实话，橡子不好找，你得不停地拨弄树叶，或者踩树叶，凭感觉去搜索下面蕴藏的果实。但，也正是在这寻觅中，我意外地发现这个下午充斥着异样的欢乐——每找到一个橡子，都像是一种心灵的收获。我只能说是“心灵的收获”，因为将这些橡子拿回家，真不知道有什么用？

前面的四个人终于累了，中学生们说：“教授，不找了吧？够用啦！”老年人直起腰，笑呵呵地说：“那好吧。”

我很意外：一位教授和中学生混在一起找橡子干什么呀？这时，教授发现了我这个“同行”，礼节性地点头致意，我上前招呼道：“收获不错啊。”教授得意地扬扬手中的袋子。我问：“准备做什么用？”教授笑了：“他们要串项链。”一名中学生调皮地对教授说：“大物理学家跟我们捡橡子——吼吼！”

我终于忍不住笑了，为教授打圆场：“不是捡橡子，而是找乐子！”

还有一个类似的场景我记忆很深——一个冬天的下午，我经过居民区的小广场，当时天上忽然飘起雪花，纷纷扬扬。广场上的娃娃们一下子激动了，大呼小叫，奔跑着抓雪花玩。在这群娃娃中，还有一位老奶奶，只见她笑眯了眼，干枯的手欣喜地伸出来接雪花，那表情活像个孩子。在娃娃们脆嫩的吵嚷声里，老奶奶的身影久久伫立在温柔的雪花中……

我很喜欢这样的场景，它似乎在无意中向我传达一种欢乐的精神——真正的、纯粹的欢乐，无须隆重，一个橡子、一片雪花，足矣。我认为很多与理想有关的美好，都在这样的场景里找到了归宿。

女儿·面包屋·阳光

所谓内心的快乐，是一个人过着健全的、正常的、和谐的生活所感到的快乐。

女儿在吃面包。我闲看着她背后的大玻璃窗。阳光自那里透进来。步行街上人来人往。这是个安静的初秋的下午。

我午睡起来不久，思绪不那么活跃。面包屋里除了椅子，就数我坐得稳定。我仍然对着大玻璃窗看，看温暖的阳光。

太阳距地球很远，即使以光速也要跑 8 分钟。也就是说，我此刻所见的阳光是 8 分钟前从太阳发出的，而真正属于此刻的阳光，还要等 8 分钟才能到达地球，才能被我感受到。因此，对于太阳来说，我此刻在看它的历史——它的历史，就是我此刻的现实；而它的现实，则是我的未来。我又想到那些夜晚的星星，它们有的距离我们数万光年，也就是说，我们看到（或通过仪器接收到）的是它几万年前的影像，也许，它已经消灭了，而已经消灭的它，在我们的“此刻”，依然存在。

世界是神奇的，即使这么平常的一个下午，这么平常的面包屋，这么平常的人——他们的现实被历史照耀着，但大家似乎都浑然不觉。女儿还在吃面包。她幼小的嘴巴比桃子还鲜嫩，对着面包，那么一小口一小口地啃啊嚼的，像动画片里的虫子。女儿是个小小的现实主义者，是她将我从下午的睡梦中摇醒，说：“爸爸，你答应带我吃面包的。”于是我就翻起身带她出来了。

出来了，一脚踏入城市（或尘世）的大街，这里充满了现实主义者。现实主义者把生活弄得非常复杂，这是错误的。生活本身不复杂，对于一个傻子来说，生活就像一张白纸——复杂的是我们不傻的人的思维，用这个思维反观于生活，它就复杂了。好在任何复杂的最终归宿是简单，也就是死亡。所以，复杂本身也不复杂，你可以想想过去的那些轰轰烈烈的人物和事件，当初看起来也许不可收拾，而今呢？完了。

8分钟前的阳光使这个下午显得明亮，温度宜人。我们考虑现实的时候，没想到自己是被过去的事物包围着，这是很滑稽的。我看着眼前的女儿，她的一举一动，都因为那幼稚的面孔和小手而显得天真、纯洁，让我心中充满欢喜。眼前的女儿也正一步步地流逝为历史，昨天的她永远不会再出现了，此刻弥足珍贵——而“此刻”，在时间之流中又很难把握，几乎可以说是不存在的。这世界似乎只有过去和未来，因为每当我意识到“此刻”的时候，此刻就已经消失了。

面对玻璃窗，我有点忧虑，眼前的现实和历史使我迷茫和不安，我开始怀疑自己的存在。进而，我意识到我不该将事物看得那么简单，是简单消除了我的存在感，只有复杂，只有像所有的现实主义者那样看待生活，我才能像人一样存在。

我爱女儿，我爱阳光，我还爱面包屋里弥漫的清香。我需要存在感。我很抱歉,我不该说此刻的阳光是 8 分钟前的旧货。因为这一切构成了我眼前的理想生活——淡淡而深刻的美好。

茅草屋、小提琴

超越自然的奇迹，总是在对厄运的征服中出现的。

当年他三十来岁，正是“革命豪情”冲天的时候，因此，被安排去管理一帮“坏人”，他非常乐意，他有决心、有信心完成上级交给的光荣“政治任务”。

那地方是一个农场，他刚去就遇到秋收。他将“坏人”们按年龄大致分成两组：50 岁以下的干强度大的体力活，50 岁以上的酌情减轻劳动量。据说“坏人”们很满意他的安排，私下里说这个新来的年轻领导很有“人情味”。但消息传出去就变了味，上级批评他说：“革命不是请客吃饭，不要那么温情脉脉，”云云。他很受震动。

冬天来了，田地里基本无事，得加强政治学习。每天军事化管制，除了吃喝拉撒睡之外，一切时间用于读书、讨论、听报告、个人汇报、抓反面教材等等。“坏人”们基本上都很服帖，没有说怪话、做“小动作”的。他的工作也得到了上级肯定。

一天晚饭后，他独自在农场内巡视。走到一间土屋前，他听见里面传来“吱吱呀呀”的声音。在门前探头瞅一下，看见是个四十来岁的瘦子在拉琴。他驻足聆听片刻，感觉并不好听。这时，那人发现他，赶忙站起来微笑。他点点头便离开了。

后来，他多次看见这个瘦子在空荡荡的土屋里独自拉琴。有一回他问：“这是什么琴呀？”那个瘦子告诉他：“叫小提琴。”他拿在手上看看，挺破旧，又问：“哪儿来的？”瘦子回答：“好像是抄地主家得来的，扔在这里没人要。”

记忆中，那是他唯一一次与瘦子对话。在他看来，瘦子拉琴纯粹是自娱自乐，因为那琴声实在不怎么悦耳，尤其在寒风中，听起来甚至要起鸡皮疙瘩。但很快，上级又批评他了，说：“有坏人借小提琴散布消极情绪。”他立即想到那个瘦子，第二天就开会严肃处理这件事，他说：“小提琴是西方资本主义社会的东西，是贵族太太、小姐们的玩具……”他当场将小提琴收缴上去，命令那个瘦子亲手砸烂。瘦子一声不吭，只是砸琴时犹豫了一秒钟。

许多年后，他向我说起这个瘦子：一位知名的小提琴演奏家。他说——

土屋里的小提琴声，与音乐厅里的完全不是一回事，即使一位大师，不给予他相应的环境，也无法体现他的才华——当年，我在一个不理想的环境中，遇见了一个不该错过的怀着美好理想的人。

呼喊

爱在非常年幼的孩子身上一般表现得比成人更加强烈，因为成人往往用功利主义的眼光看待事物。（罗素）

傍晚时分的小区比较安静，我站在四楼厨房窗边剪指甲，忽听下面有两个童声呼喊："妈妈——妈妈——"

我怔了怔，凝神听。两个孩子呼声过后，停顿几秒，又齐喊："妈妈——妈妈——"我打消疑虑了，听这声音，并非有急事，继续剪指甲。

不一会儿，楼下再次响起嘹亮的童声："妈妈——妈妈——"他们似乎喜欢这样呼喊，刻意拉长嗓子，楼与楼之间隐约还有点回声。我忍不住伸头看：是一男一女两个 6 岁左右的孩子，正昂头对着西边的夕阳呼喊。也就是说，他们并非真的在喊妈妈，他们甚至不是一家子的。

“妈妈——妈妈——”

“妈妈——妈妈——”

这个呼喊每隔几秒就会响起,其间夹杂着两个孩子“咯咯”的笑声。难道这也是一种快乐的游戏吗？我决定下去看看。

这两个孩子显然不是一家的，不仅从长相上可以推断，而且从他们的衣服也可以看出来——那男孩像是小区门口杂货店主的儿子，而女孩则是来自一个富裕的家庭。但是他们之间没有隔阂，天真的笑脸一样灿烂。

我点燃一支香烟，站在矮树丛后。他们没注意到我，面向夕阳，一起呼喊：“妈妈——妈妈——”

我“扑哧”笑了——为他们那样投入的神情。他们似乎想表达一种深厚的情感，只是没有第二种手段而已。虽然看不见任何一位母亲出来应答，他们也不在乎，他们只要高兴就行。

我决定出去采访他们：“嘿嘿，干吗呀？”我尽力作出亲切的样子。事实上他们并不怕我。女孩说：“我们在演电影。”男孩满意地说：“我们演得越来越像了。”我问：“演谁呢？”男孩迅速说出一个我不知道的名字。

我又问：“为什么只喊这一句呢？”女孩说：“因为这句最好听！”我问：“换成‘爸爸’怎么样？”两个孩子相视片刻，爆发一阵大笑。女孩机灵地说:“哪有这么喊的？只有喊‘妈妈’才好听！”

我的心一动。我也说不出什么理由，但我似乎接受了女孩的意见——这样喊“妈妈”有点浪漫主义，是温暖的；喊“爸爸”呢？除非有事，有求助的危险味道，那是现实主义的。孩子们不是生活在现实中的，他们是人间精灵，他们凭感觉行事，喊“妈妈”自然不会错。

这也可以证明：他们喊这么多次“妈妈——妈妈——”，我一点也不烦，倒是听出了兴趣，甚至被他们引下楼来。

因为爱是全人类的理想归宿。爱的理想，引导的何止是我，更有全人类，当然也包括正在读书的你。

才华不用于妥协

如果理想会带来经济损失，你会耿耿于怀吗？大师们不为此纠结。他们只『纠结』于理想。

一家大公司对建筑设计方案不满，要求改变一些细节。而在设计师看来，这些改变会影响整座建筑的审美取向。

公司是买主，对设计方案的评判直接关系到设计师的薪酬，但这个设计师竟然坚持己见，不买账。公司很恼火，威胁他说："如果不改变，我们有权终止合同！"设计师说："我宁愿带着自己的才华回家睡觉，也不会将平庸的思想安插进我的设计蓝图……"

这个设计师叫贝聿铭。

贝聿铭驰名世界后，曾经为北京香山一处建筑做规划设计。但是，施工者并没有严格按照他的蓝图去做，而将建筑大门前的小广场按自己的“感觉”，另行安排施工方案。贝聿铭发现后，已经晚了，他痛心疾首，从此再也没有回到那儿去。至今，那座建筑也没有因设计师是贝聿铭而辉煌，因为——它不像是大师的作品。

国内建筑业一位资深人士说：“我们有很多优秀的设计师，为了挣钱而不得不屈从于别人的要求，这些年，虽然城市里大兴土木，却鲜见真正的建筑‘作品’，也无法造就贝聿铭那样的建筑大师。”

这使我想起了一生为债务所困的巴尔扎克。为了使作品臻于完美，巴尔扎克总是要求修改小说。一次，在小说付印前一刻，他还要求出版商等一等，说某些地方得改动。出版商不愿意，因为这样会增加他的成本。巴尔扎克坚决要修改，出版商恼了，说：“如果你愿意损失稿酬的话，你就可以改！”巴尔扎克毫不犹豫地放弃了一半稿酬……

贝聿铭的建筑艺术风格因为有鲜明个性色彩而被世界认可，巴尔扎克则以批判现实主义大名屹立在世界文豪之林。虽然时代不同，行当各异，但作为理想主义者，两人有一个共同点：不为妥协于外界而抹杀自己的才华。

——这也可能是他们实现理想之根本吧？

第七辑

理想的生活，一片爱

世界之所以还没毁灭，
是因为有永恒的爱在护佑。
爱，是人类最高理想。

孩子们，暂停唱歌

斯宾诺莎：真正的爱，永远是来自崇高和善的事物的知识。

20 多年前的一个初秋，音乐老师带我们去校园旁边的一片小树林练习唱歌。那天天气宜人，很多植物依然披着绿装，在和煦的阳光下，我们欢蹦乱跳，生机勃勃。

唱歌前，老师要求我们集中注意力，按照她的手势，各个组掌握好节拍，找到“感觉”，将“效果”体现出来。老师还许诺：如果明天我们班在歌咏比赛上获得第一名，她就给每个同学奖励两颗大白兔奶糖。这个诱惑实在太大了，同学们没有不激动的，个个摩拳擦掌。看着老师的笑脸，跟着她的拍子，卖力地唱。

连续练习三遍，老师越来越满意，不住地夸奖我们。当她要大家休息片刻时，我们竟然纷纷要求继续练习。老师有些感动的样子，说："好吧，这次我们正正规规地'演习'，就按舞台上那样。"

起头，开唱。老师手一抬，我们的嗓门整齐地汇到一起，声音嘹亮，响遏行云——正唱到动情处，我们忽然发觉老师神色有异，手不动了，两眼望着我们身后的某个地方。大家注意力分散，歌声顿时弱了、乱了。有人窃窃私语："老师在看什么呀？"大家都回过头……

原来，小树林那边出现一位坐在牛背上的老奶奶。这位奶奶就住在校园附近的村子里，我们偶尔能遇见她辛劳的身影。但今天情况不对劲：她似乎在哭，腰弓得像虾米，头昏沉沉地垂在胸前。有同学悄声问："她怎么啦？"没有人知道。

这时，老师轻轻叹了口气——唉……手垂下来，两眼不再关注我们。有个同学急了："老师，怎么不练习了？"老师这才回过神，摆摆手："孩子们，暂停唱歌。"又有同学问："老师，那个奶奶怎么啦？"老师压低声音："不要大声——这位奶奶的孙子前几天死了，怪可怜的——现在，我们不能唱歌，那样她的心会很寒冷的……"

当时，大家都很肃静。按老师要求，我们必须等老奶奶走远才能唱歌。但是，老奶奶一直坐在牛背上，而牛一直就在树林附近吃草。也不知过了多长时间，下课铃响了，我们再也没有机会练习合唱。老师草草收了场。

第二天的歌咏比赛上，我们连第三名都没拿到。但是，等到再上音乐课，老师却意外地带来大白兔奶糖，给每个同学发两颗。老师是这么解释的："虽然比赛失败了，但我仍然很高兴——你们的爱心得了第一名。"

因为，爱是人类的永恒理想，爱是温暖，爱是光明，爱是自高无上的美。爱，永远不会失败。

一泡童子尿

所谓爱，正是把他人的『我』认作自己的。（托尔斯泰）

说实话，我不敢去打开水。因为列车已经运行半个小时了，对面那两个外貌粗鲁的汉子竟然一言不发，懒散地靠在座位上眯缝着眼，不知道是打瞌睡还是谋划什么。他们旁边坐着一个怀抱孩子的妇女，而我旁边坐着一对老年夫妇。谁也不搭理谁。这个窗口边的小社会，不安全。

乘警检票来了。车厢有点嘈杂。我听见一个逃票的被逮着了，我想：如果对面这两个家伙也是逃票的就好了。老夫妇默默地找出票，那个抱孩子的妇女也从怀中摸出票，我想：我不该把票放进钱包，现在，我是掏呢还是不掏？我实在不想暴露钱包的位置。眼角余光中，我总觉得那两个汉子在瞟我。我也不想离开座位去掏票，因为，椅肚下放着我的重要包裹。

乘警来到我们座位边。老年夫妇首先递上票，接着是抱孩子的妇女。我注意着对面两个家伙，只见他们随手从口袋里捏出票，交给乘警——他们捏票的姿势活像贼。也就在这时，我迅速掏出钱包，将票递上。

乘警走了，我们的小社会恢复安静。我身边的老年夫妇偶尔嘀咕两句，也不知道在说什么，给人小心翼翼的感觉。抱孩子的妇女很茫然的样子，眼睛望向车厢顶，或者窗外。“咯哒咯哒、咯哒咯哒”，夕阳中，火车在前进，而我觉得身边简直就是死水一潭。

夜晚就要降临。不断有人从过道上经过，手里拿着方便面盒子去冲开水。而我对面的两个家伙，居然一直没动静。他们不饿吗？为什么不拿东西吃？为什么不像别人一样去泡方便面？他们难道在等待什么？老夫妇从袋子里掏出鸡蛋，剥、吃。抱孩子的妇女看着老夫妇，一声不吭。我其实没有胃口，但，也许是为了消遣，我拿出了一只面包，无聊地咀嚼。

啪！车厢顶灯全部开启，夜晚终于降临了……

我有点郁闷。这样的旅途真是……我还是第一次经历。难道大家就这样坚持到终点？多少次，我想开口说点什么，但又被现场的气氛给压抑住了，尤其对面那两个相貌粗鲁的汉子，他们的在场，使我们很不自在，我明显感觉到——连妇女哄孩子的声音都是那么谨慎！

这时，孩子“哇”地哭了。妇女想起什么似的，解开襁褓好像要给孩子把尿。她刚托着孩子要转身，只见孩子下身一道水线“滋滋滋”地射出来，恰好射中一个汉子的脸，下巴上的胡须挂满尿珠！

大家一齐愣住了！

“哈哈哈哈！”坐在窗口边的汉子大笑起来，两排被烟熏黄的牙齿暴露无遗。妇女很紧张，一边道歉，一边寻找东西想给身边的汉子擦尿，那汉子却说：“不碍事，不碍事，你照顾孩子要紧。”窗口边的汉子笑完了，说：“兄弟，让一让。”说着，从头边取出一条毛巾，擦椅子上的尿。妇女非常尴尬，脸都红了，连声说:“对不起，对不起。”那汉子安慰她:“没啥！童子尿，比水还干净，怕啥嘛！”

……一切安定下来，气氛为之一新。老夫妇与抱孩子的妇女拉家常，对面的汉子请我吃他们家乡的烧饼，而我回敬他们香烟。

一泡童子尿，“打”出一片安全感。于是，真正的交往产生了。有时，世事人情就这么简单。理想的生活，无须太多猜忌，彼此敞开心扉。人群，就是流动的花园。

二十年后，哭了

人类的温暖，也可以治病。

作为一个地痞、黑帮分子，他已经声名远播。十里八乡的人们视他为虎狼。据说他小时侯就不是个东西，打架闹事，常常被人告上家来，然后父亲揪着他便是一顿猛揍——可是他自小坚强，父亲再打再骂，难得听见他哭一声。到了二十岁左右，几乎没人能管得了他。有一次与父亲吵架时，他甚至扬言："你要不是我爸，早就打趴了你！"因此，熟悉他的人们普遍认为：这家伙将来若不犯法、不坐牢，那这世界就没有逻辑了。

其实，他的家境很清贫。他的父亲是街道小作坊工人，母亲是商店营业员，为人均和善。不知为什么，生了这么个恶子。

他还有个瘸腿弟弟，性情与他也有天壤之别，除了面貌略微相似外，再没有一个共同点。真的，这样一个家庭里出现这么一个人，简直不可思议。

弟弟结婚那年，他还是个没有职业的光棍——谁家敢把女儿嫁给他？他整日在外与一帮狐朋狗友厮混，显得十分忙碌。家里根本没有多余的钱给他，他也从不向父母伸手，那么，他在外面究竟是如何开销的呢？父母为此愁闷多年，身心憔悴，母亲不得不提前退休。为了贴补家用，父亲在工场倒闭的第三天，就托关系在外地又找了份收入微薄的工作。他们不敢指望儿子颐养天年了。据说，他的父母与同龄人相比，至少显得苍老十岁。

如果说父亲在去世前还有过一次欢乐的话，就是那年他带回家一个面相善良的女孩，并声称要结婚。婚礼在一家普通饭店举行，一切由社会上的兄弟们为他操办。唯一不足的是，这个女孩的父母没有到场。

婚后的他没有丝毫收敛，即使生了儿子后，他依然与张三李四们往来频繁。直到一天下午，人们看见他怒发冲冠地抱着一把钢珠枪在街头乱蹿，然后，很多人听见车站附近传来“砰砰”几声巨响……

他被判了12年有期徒刑。

父亲于他坐牢的第三年郁郁而终。不足60岁的母亲满头华发，偶尔拄着拐杖，佝偻着腰在街头走过。他后来在狱中写信给妻子，要她改嫁，妻子说不。

以上故事是一个警察朋友告诉我的，听起来干巴巴的并不稀奇。但是，如果没有他的那一场痛哭，这个警察也就不会对我说这些——

那是一次探监，他的弟弟拄着拐杖来送衣服。他们正谈话的时候，接待室里又出现几个人，看样子是一户人家的父母，带着儿媳和孙子。他看见了，两眼直愣愣地盯着他们。好一会儿，他的嘴唇忽然开始颤抖，抖着抖着，泪水就顺着鼻梁倏倏地淌——哇——他异常凶猛地嚎叫一声，撕心裂肺，两只拳头在水泥台上狠狠捶打，再也说不出一句话……

据他弟弟说："那是我等了二十多年，第一次看见哥哥哭。"

失去温情，才知道温情之贵重。即便一个所谓的"社会渣滓"，也需要它。如果享受温情成为一种理想，那么，相对应的那个人，生命是很失败的。从现在开始，对温情——温情一点……

爱，是我们毕生的记忆

如果我们真正爱一个人，我们就会爱所有人，爱这个世界，爱生活。

前天，我收到一篇学生来稿，内容很老套，是关于父母给她买钢琴、电脑以及各种高级滋补品的事，而她把这些看成压力，陷入无法摆脱的烦恼中。我不打算发表这篇作文，但还是给学生回信，请她委婉地转告父母——

大学者季羡林先生年少时去济南求学，离开独处穷乡僻壤的母亲，为的是将来能挣一口饱饭吃。由于缺少路费，季羡林难以回家探望母亲，近十年时间里，他只回家三次——前两次回到家，看见母亲的生活景况毫无起色，仅仅能糊口而已；而第三次回到家，眼前的母亲已经安详地长眠了。大学者为此悲痛至今。在他的回忆中，没有提及母亲当年给予过他什么美好的物质，他只是记得绵长深厚的母爱，他认为自己愧对母爱，而母爱在一定程度上又构成了他的人生动力。

最近，我还看到一个失足少年的真实故事：他的父母是成功人士，家产数千万，作为父母唯一的儿子，他真是想要什么有什么，父母也从不担心他缺少什么，所以很少过问他的生活，只是忙于社会事务——到了儿子因涉嫌抢劫被抓的那天，他们才惊问："这是为什么？！"记者的采访有两点值得关注：一，这个少年视抢劫为"刺激"；二，这个少年没有提及父母给予他的大量"零用钱"，而是对三年前带他去乡下亲戚家的温馨之旅念念于怀。

如果你多读一些名人回忆父母的文字，可能会看到一个共同点——他们孩提时代的父母，无论是贫穷还是富有，这在印象中都是次要的，值得他们津津乐道的是爱，哪怕只是些鸡毛蒜皮的关爱——这类文章的主题与物质绝无关系，即使有关，也是以爱为背景——所以，这类文章大多也是很"老套"的……

但我们可以初步得出一个结论——对于一个孩子的未来而言，父母不是因为付出物质，才在孩子心中树立形象，而是因为关爱，才被永远地铭记于孩子的脑海。最终是爱，镌刻于我们毕生的记忆。

哑『侦探』

信任一切人是个错误，对一切人都不信任，同样是个错误。

出写字楼，横穿马路，经“吟春园”大门，沿曲径向西，转弯，过天桥，再走8分钟，就到了我的单身宿舍。这是我上下班通常走的路径。

那天下午，我刚到“吟春园”大门，迎面看见一位老婆婆，身边靠着一位年轻女子，姿势很不自然。目光一接触，年轻女子忽然张嘴——“啊啊啊……”还急切地用手对我指指点点。我愣住了，莫名其妙，心中油然而生恐惧。

老婆婆微笑了，对我点点头。我不由自主地走上前：“有……事吗？”老婆婆介绍说：“这是我女儿，她要我问你，最近丢了什么东西吗？”我一惊：“是的，3天前丢了钱包，您捡到了？”老婆婆说：“是我女儿捡到的。”我又惊又喜：“真的？！”

年轻女子掏出一个黑色苹果牌小钱包，正是我丢的！我迫不及待地伸手……

女子笑着“啊啊呀呀”说了一通，老婆婆“翻译”道：“她问，钱包里装了些什么？”我毫不犹豫地答道：“其他不说，反正我的身份证在里面，姓名：×××，号码：×××……”女子掏出核对一下，便将钱包递给我，我表示万分感谢。

这个场景若是在学生作文里，将很难得到高分。

我又忍不住好奇地问：“你们专门在这里等我吗？”

老婆婆说：“是啊，等了 3 天。”

“就在这里捡到钱包的？”

老婆婆微笑点头：“是的，那天傍晚，我女儿一个人出来散步，亲眼看见你掏东西时带出了钱包。她是个哑巴，没法叫你，旁边也没有别人能帮忙……”

我很感动，但也有点疑惑：既然亲眼看见我掉钱包，那么彼此离得也不会远，虽然不能喊，为什么不追上我？

正在这时，老婆婆微微侧身，从背后拿出一副拐杖，扶着女儿架上，原来她的腿也……

我忙上前，想帮忙，女子笑着摇摇手。我同情而又尊敬地望着她们：“那么，你们又怎么确定我要路过这里？”

老婆婆感觉这个问题有些意外，对女儿“啊啊呀呀”比划一番，然后回答我：“那天，你一边走路，一边看书，我女儿说，这个人肯定常走这条路，熟悉，不用看路都不会走错，所以……”

我开心地笑了，再次由衷地致谢。告别的时候，女子忽然又比划一通，老婆婆“翻译”说：“她要你以后走路时别看书，注意安全。”

那一刻，泪水忽然涌上我的眼眶。

两位陌生人给予我的,已不止是一只钱包了。这份感动里，有对人世之爱的切身感受。爱没有大小之分，更无陌生与熟悉之别。爱是普世价值、普世理想。

爱心唤醒爱心

温和的爱是一种可畏的力量，比一切更为强大，没有任何东西可以和它相比。

这个叛逆的小子表现得很猖狂。那天因为迟到，被老师罚站，他竟然不住地咳嗽、吐吐沫，闹得整个教室空气压抑，充满恶心感。终于，老师震怒了："出去！"他拎起书包，大摇大摆，头也不回地跨出教室。

作为劣等生，他在班里每次都考倒数第一。没有谁看得起他，也没有谁敢说看不起他，他存在得"硬气"，甚至呼风唤雨——碰上打架闹事，他很快就能纠集一帮子人马参加"战斗"。连老师见到他都头疼，更别说同学们了。

一天傍晚，放学前的自习课时间，教室里忽然飞进一只麻雀，他看见了，惊喜地狂叫一声："噢——抓住它！"然后他命令坐在周边的同学立即关上窗子，自己跑黑板前拿了几把扫帚，一把把地向屋顶砸去。当然，这事对于其他同学也是个乐趣，好几个人参加了这场有刺激性的游戏。“噢——！”“噢——！”教室里像举行狂欢，扫帚漫天飞舞，灰飘尘扬……大约十分钟后，惊慌失措的麻雀终于因疲劳过度被一个同学抓住，他跳上前抢到手，宣布：“现在，我判它死刑！”

众目睽睽之下，他举起一柄水果刀，对准麻雀眼睛……血腥惨状令人目不忍睹。而他，却为这个壮举得意洋洋，像英雄凯旋般地狂笑。

十年后，他因为伤害罪入狱。我听到这个消息时，很痛心，却不吃惊。

又过了五年，我在街头看见蹬三轮车的他，只是远远地看见，没有过去说话，因为没有什么旧可叙。我自小学时代起，与他就不是一类人，彼此连名字都未曾叫过一声。

但是，去年冬天，我很意外地在邮电局门前再次遇见他——那时，他坐在水泥地上号啕大哭，还喊：“该死的人是我啊！好人是不该死的啊……”越来越多的陌生人围到他身边，试图安慰他，我也犹豫着走上前。

他仍然在哭泣，同时向周围的人们解释：“这位没见过面的老人，捐助我女儿读书有三年了，今天我接到他所在的单位来信，说他去世一个多月了……”

那是我见过的最沉痛的一次号哭，因为它出自一个看起来挺强壮的青年男子的嗓门，且毫无做作；更重要的是，我深知这个人的历史——他似乎是不会哭的，他似乎只会让别人哭的——他少年时代用水果刀对准麻雀眼睛那狠狠一扎，给我留下了终生难忘的印象……

最新的事实表明，他的确不是原先的他了。今年春天的一个凌晨，他蹬着三轮车在城外的河岸行进，忽然听见“扑通”一声……据报道，他当时看见河里好像有个人在浮动，就没有考虑，当即跳下去，将那人救上来——是个寻短见的妇女。他马不停蹄，将这个女人安放在三轮车上，一路奔向医院，并且垫付了医药费……后来的情节非常具有典型意义——他等妇女的家人到达后，悄悄溜走了。

前天，人们才将这个不留名的英雄找到，并且有媒体来采访。我看到这则报道后，心情非常复杂。我没有告诉同事们他是我小时侯的同学，我只是在回家后与太太谈起这事，并且猜测：也许，一切都是因为那位不知名的已故老人，是一颗爱心，唤醒了另一颗爱心……

遗产

孟德斯鸠：个人的利益永远包括在公共利益之中。

“妈不是死了吗？”他流着泪，颤抖地问垂危的父亲，心中有一种巨大的恐惧。他知道他错了，但一切都晚了。

王木匠安静地躺着，肉体似乎连痛苦都失去了，他冷冷地、略显忧郁地盯着 19 岁的儿子——这个耗尽他毕生心血的不成器的大男孩——微微点头，艰难地说：“但是，你妈，和我，在王家坝子，给你，留了几笔钱……够……”王木匠说不下去了，上帝打断了他，他的眼死盯着屋顶，像是寻找生命最后的去向。

大男孩终于“哇”地一声嚎起来。这一声嚎，比四年前他砍伤人被逮捕时所体验的痛苦还要深刻。可以说，这是他人生体验的第一次真正的痛苦——他从少管所出来时，听父亲说母亲于半年前去世，也没有像今天这样痛苦，因为，那时没有了母亲，毕竟还有一位父亲！现在，世界上多了一名孤儿。

他草草安葬了父亲，赤手空拳、举目无亲、万般无奈，他决定回父母早年生活过的地方——王家坝子。

那是千里之外的一个小镇，他就在这镇上诞生。两岁时，随父母离开，在大城市闯荡。18 个年头过去了，这个山脚下的镇子发展到三千人，但与城市相比，不过是一个大村庄而已。这里民风淳朴，他在打听父亲提到的几个故人名字时，总有人热心地给他指路——于是，他找到了第一个“熟人”，李伯。

李伯端详他半天，深深地叹了口气：“是啊，是他，王木匠……的儿子，长得很像，我怎么会忘呢？”

他不敢看李伯诚恳的眼睛，这种眼神，在城里实在稀罕啊！他心里暗暗庆幸，这里没有人知道他少年时的劣迹，或许，他可以在此重新做人。

“18 年过去啦！孩子，你爸妈是多好的人哪，可惜，好人总不长命……好了，吃过饭，再说！”

饭后，他美美地睡了一觉。醒来时，发现屋里坐满了人，都是陌生的大伯大妈。一位大妈看见他睡醒，坐到床边，抚摸他的脸蛋，是端详、流泪。显然，大妈是他母亲年轻时的亲密女伴。在后来的闲谈中，他才了解到：父母早年在这个镇子上，用自己的手艺帮助了许多穷朋友，如今，大家对他父母依然记忆犹新!

就这样，他在李伯家暂住下来。但是，与这些人逐渐熟悉、交往的过程中，他根本不好意思开口问父母留的“钱”在哪里，也没有任何人主动承认欠他父母“债务”。回忆中，除了父亲临终前含糊地说过这事外，以前从来就没提起一次。他惶惑而无奈。

一周后，李伯和一帮大伯大妈将他安排到镇子上一处建筑工地干活。工人中颇多大伯大妈们的儿子，很快就成了他的真诚朋友，一起劳动，一起唱歌，一起喝酒，一起玩牌……

四年过去了，他成了这个镇子的居民，并且有了自己简陋的房屋，还有一个女朋友。他过去的劣迹依然没有人知道，但他的确变成了一个“崭新”的人。梦中，他还时常看到父母失望的眼神……有一天晚上，他似乎听见父亲说：“你妈，和我，在那儿给你留了几笔钱……”

他猛然惊醒，坐起身，望着窗外的明月，泪流满面。他想起这四年来给过他无数帮助的大伯大妈，心中的悲痛与感动混杂、交织，像堵住了胸口……好半晌，他才喃喃地说：“爸，妈，我知道了，你们在这里给我留的不是钱，是善良……”

善良作为“遗产”，似乎比金钱更宝贵，更“经久耐用”。金钱只救人一时之急，而善良能拯救人的一生。

一只手的力量

世界上的一切光荣和骄傲，都来自母亲。

中途，一位妇女上了中巴，左手抱小孩，右胳膊挽着一袋肉。没有人给她让座，我只好从发动机盖子上站起身，说:“将就一下，你坐这里吧。”她感激地笑笑。

她显然很疲惫，衣服也不整洁，像是个常年做小买卖的。怀中的孩子不过两岁，黑黑的，胖胖的，挺敦实。她将那袋肉放在司机座位后，美美地舒了口气，坐在盖子上，稳稳地抱着孩子。

不久，下去几名乘客，车厢空了许多，但仍然没有座位。我手抓车窗上的栏杆，无聊地望着外面，耳际是发动机的响声。

就在这貌似平静的时刻，忽听司机一声惊叫，车身

“嘎——”一扭，差点把我甩出窗外！紧接着，“轰隆”一声，中巴似乎被弹起。我头晕目眩，手下意识地攥紧栏杆，但巨大的惯性仍然将我抛向车后。那时，又是“轰隆”一声，中巴骤然停止。

惊魂甫定。车内一片哭爹骂娘声。我发现，中巴此刻整个翘了起来，车尾还在地上，而车头却搭上一堵矮墙，车身与地面约成45度夹角！车祸！我忽然记起抱孩子的妇女，回头一看，见她左手牢牢地抓着司机座位上的钢丝，右胳膊紧紧抱着孩子，半吊在空中。

车门被人打开了，大家鱼贯而出。妇女下车时，我想帮她抱一下孩子，她笑道：“不用，只是，麻烦你……”她撸撸嘴，是指掉在座位上的那袋肉。

下车后，我拎着肉找到她，见她正瞅左手掌，乌青色，渗出血来，显然是钢丝勒的。当我递上肉的时候，她伸出右胳膊接——手腕处光秃秃的！竟然没有右手！

当中巴弹起时，我双手都难以抓住栏杆，而她抱着孩子，居然用一只左手攥住了钢丝——她付出了多么巨大的力量，同时又忍受了多么剧烈的疼痛？！

其他乘客围着中巴吵嚷成一片，群情激愤，要追究事故责任人，而那位妇女左手抱小孩，右胳膊挽着一袋肉，已默默地走远了。

后来我多次对别人说起这次经历，大伙儿都啧啧称奇，但我没有道出我心中的感慨——

这世上拥有两只手的人多得是，而真正有力量者，一只手似乎都够用了。

矛盾在哪里

同情比谴责更能消弭罪恶。

傍晚，一位老行脚僧人坐在树林边休息，观夕阳落山，听鸟雀归林。忽然，路前方传来急促的脚步声。抬眼望去，只见一个满脸杀气的汉子怀揣利刀匆匆走来。

汉子的身影越来越近，老僧人咳嗽一声，道:“施主留步！”

汉子像没听见一样，照直走过去。老僧人又喊一声：“施主，你的头掉了！”

汉子这才猛回身，恶狠狠地骂道：“老东西，活腻了？！”

僧人微笑:“老衲何止活腻了？不过，施主的头确实掉了。”

汉子倏地拔出利刀：“在哪里？说不出来，先剁下你的头！”

老僧人指指路旁的水坑："自己去看看。"

汉子伸头一瞅。老僧道："看见了吗？那是你的真头，而你脖子上的，现在不过是颗假头。"

汉子怒气未消，持刀逼近老僧人："说个道理出来，否则……"

老僧人一把揪住汉子的胳膊，强迫他坐在自己身边，开口："水里映出的那颗头，就像你刚出生那时的头，纯净无瑕、与世无争；而你脖子上的头，现在里面矛盾丛生、杀机四伏。你的本性已经迷失，正在走向毁灭自己和他人的绝路上。"

汉子似乎有些震动，狠狠地将刀插在地上，扭头看着老僧人。

老僧人道："世界本无江湖，有了人，就有了江湖；世界原本也没有矛盾，有了人，就有了矛盾。"老僧人停顿片刻，忽然转身对汉子大喝一声："矛盾在哪里？！"

汉子一惊，慌乱地扭头四顾，张皇失措。

老僧人呵呵笑了："在树上？在路上？在你仇人身上？"

汉子接口："是啊，就是在仇人身上！"

老僧人道："把你的头剁下来，再看你仇人身上还有没有'矛盾'？"

汉子有些泄气的样子。老僧人趁机补一句："矛盾其实在你自己脑袋里。"

汉子身子一软，头耷拉下来，满脸沮丧和无助的神色。

老僧人拔出地上的利刀，迎着天空瞅片刻，赞叹："多精致的刀啊，里面竟然可以映出夕阳，像花一样美丽，却看不见一丝矛盾。如果它是我的，我就用它给花松土，给树削枝。"

汉子诚恳地说："恩人啦，这刀我送给您了。"

老僧人摇摇头："不，它是你的。"

汉子接过刀，向老僧人一鞠躬，按来路返回了。

善念打败恶念，靠的不是"物理力量"，而是"精神力量"。"物理力量"有时有血腥气，但"精神力量"可化解它为花的香味……

后记：简单的分量——张小失

这个世界的本源就是简单，简单最有分量，复杂轻若鸿毛。如果愿意承认这一点，我们或许有可能大致判断真正的幸福的所在方向。

我们知道绚烂多彩的蝴蝶是从丑陋的毛虫演化来的，大自然的奇迹无所不在，导致人们习以为常，这首先就是一个错误：我们因此失去了一双发现美、欣赏奇迹的眼睛，只剩下两道平庸的目光——这两道平庸的目光会更注意远古恐龙骨架的肤浅趣味，而忽视同样了不起的身边蝴蝶的深刻意义。

构成蝴蝶翅膀的颜色来自类黄酮，它本身没有那么绚烂多彩，只是在基因的“指导”下，经过一次又一次反复地组合，才成为复杂的颜色、图案。有一年我在海南看到许多蝴蝶标本，心中惊叹它们的丰富，却不知道这一切来自一种叫“类黄酮”的东西。由此，我想起牛顿和爱因斯坦，他们那远远超越凡人的大脑，在追究本源的过程中，看到了世界本质的“简单”，最后改变了自己的信仰——他们必定有理，这个世界上有人具备资格去笑话、批评他们吗？

人类用非常复杂的思维和劳动制造了宇宙飞船，目的主要是克服地球的引力——也就是说，人类费力伤神数十年（其实应该是几千年的知识积累），为的是对付一种简单的东西。而人类目前浩瀚的知识又来自哪里呢？来自原始人面对的：阳光、空气、水、植物、动物、沙子……当原始人面对一堆乱糟糟的石头的时候，他们还不知道，那其实是我们今天用来提炼制造宇宙飞船的原料！

从宇宙飞船和石头的关系中，我们可以大致理解牛顿和爱因斯坦的世界观吧？这个世界本源的简单是我们不能彻底认识的奇迹，我们通常也无所谓它是不是奇迹。我们每天都活在“复杂”中，看看报纸、电视、互联网就知道了，看看我们周围的人际关系也就知道了。这些复杂常常令人头疼，令人失望，甚至绝望，为什么我们不能跳出这些复杂，去研究一下蝴蝶翅膀呢？那是因为蝴蝶翅膀不“实用”。那么，是不是“实用主义”导致了世界的复杂呢？我想是的。那么，“实用主义”给予我们什么呢？我想，应该是复杂，当然，这复杂中除了痛苦，也包含了各种享受——而享受在我们的庸俗理解中接近“幸福”。

如果我们能将人生中的幸福量化的话，我们会很失望的，因为它太稀罕了，无论是对于权贵还是乞丐——我们用尽复杂的思维和行动，所得甚少，在时间上，“幸福感”也极其短暂。那么，我们的劳累是值得的吗？比如说，你通过“与人奋斗”，获胜，赚了大钱，买一架航天飞机，你会天天开着它去感受“幸福”吗？

虽然目前人类返朴归真的呼声很高，但现实世界的复杂却像蝴蝶的翅膀一样越来越晃眼，令人迷茫、迷乱。其实我们完全可以把这一切复杂视为假象，比如城市街头人群那么拥挤，但其中蕴涵着一个简单就是：他们每天从自己家门出来，晚上还得从自己家门进去——当他出来的时候，世界于他就复杂了；当他进去的时候，世界于他就简单了。这是就一天而言。纵观人的一生，又何尝不是呢？他出世了，渐渐踏入“复杂的世界”，然后不得不回归简单，也就是死亡，直挺挺地躺在那里——人生之复杂，仅仅是夹在两个简单之间的东西，根本没有决定意义。如果要从这段复杂中寻找人生的意义，无论调门多么高尚，都是可耻的欺骗。因为，唯有简单是实在的，复杂是建立在简单这个基础上的幻象，没有简单，它就会倒塌。简单决定复杂，而不是复杂决定简单。

这个世界的本源就是简单，简单最有分量，复杂轻若鸿毛。如果愿意承认这一点，我们或许有可能大致判断真正的幸福和理想的所在方向。